我在青旅做义工

——一个九零后女生逐水草而居的青旅打工旅行记录

《旅游圣经》编辑部　肖肖　著

北京航空航天大学出版社
BEIHANG UNIVERSITY PRESS

内容简介

　　"九零后"姑娘肖肖通过在青年旅舍打工的方式在中国的六个城市分别居住体验数月，其中包括苍山洱海的大理古城，彩云之南的西双版纳，人间天堂的苏州，碧海蓝天的三亚、海口以及草原风情的呼伦贝尔。通过这样的方式，既能深刻领略一城一地的风俗民情，感受各地独特的人文特质，又能透过青旅这个平台见识形形色色的人和事物，在待人接物中慢慢成长并逐步找回自己最初的梦想。

图书在版编目（CIP）数据

　我在青旅做义工 / 《旅游圣经》编辑部著 .-- 北京：
北京航空航天大学出版社，2014.6
　ISBN 978-7-5124-1371-9

　Ⅰ.① 我… Ⅱ.①旅… Ⅲ.① 游记—作品集—中国 —
当代 Ⅳ.① I267.4

　中国版本图书馆 CIP 数据核字（2014）第 003588 号

我在青旅做义工——一个九零后女生逐水草而居的青旅打工旅行记录

肖肖 著
策划编辑：谭　莉
责任编辑：周文慧
＊
北京航空航天大学出版社出版发行

北京市海淀区学院路37号（100191）　http://www.buaapress.com.cn
发行部电话：(010) 82317024　传真：(010) 82328026
读者信箱：bhpress@263.net　邮购电话：(010) 82316524
北京尚唐印刷包装有限公司印装　各地书店经销
＊
开本：700×1000　1/16　印张：16.25　字数：212千字
2014年6月第1版　2014年6月第1次印刷
ISBN 978-7-5124-1371-9　定价：39.80元

大理、西双版纳、苏州、三亚、海口、呼伦贝尔，每个根据地待三个月到半年，这是一个九零后女生逐水草而居的青旅打工旅行记录。有高原，有雨林，有江南古镇，有碧海蓝天，有火山古村，有丰沛草原。吃过白族人家的生皮，蹭过鄂温克族的蒙古包，在南海潜过水，在大兴安岭采过蘑菇。在青旅这个小小乌托邦里，遇见形形色色的人和故事。故事里有露水，有晚风，有盐水花生，有火车的哐当哐当声；她用笔静静地说，但愿有人静静地听。

你会发现没有新的土地，你会发现没有别的大海
（自 序）

你说："我要去另一块土地，我将去另一片大海。

另一座城市，比这更好的城市，将被发现。

我的每一项努力都是对命运的谴责；

而我的心被埋葬了，像一具尸体。

在这座荒原上，我的神思还要坚持多久？

无论我的脸朝向哪里，无论我的视线投向何方，

我在此看到的尽是我生命的黑色废墟。

多年以来，我在此毁灭自己，虚掷自己。"

你会发现没有新的土地，你会发现没有别的大海。

这城市将尾随着你，你游荡的街道

将一仍其旧，你老去，周围将是同样的邻居；

这些房屋也将一仍其旧，你将在其中白发丛生。

你将到达的永远是同一座城市，别指望还有他乡。

没有渡载你的船，没有供你行走的道路，

你既已毁掉你的生活，在这小小的角落，

你便已毁掉了它，在整个世界。

——卡瓦菲斯《城市》

20岁第一次独自出远门，勇气很大部分来自这首诗。

在我逐水草而走的几年里，开篇就干了一件"荒唐事"——打开地图，拉到中越边境，锁定防城港，然后搜索"防城港电视台新闻中心电话号码"。媒体界有个不成文的规矩，那就是：有熟人走渠道拉关系才有机会去实习，而且，实习期无工资，自己租房子。

从没独自出过远门，对于在陌生环境里解决衣食住行的问题，其实我自己没一点把握。犹豫再三，我还是背好台词硬着头皮拨通了那个电话，凭着那股初生牛犊不怕虎的劲儿，把值班主任说动了，破例申请到了实习机会。

人生地不熟，自己找房子，克服水土不服，融入陌生圈子，采访报道边境打击走私活动、出席中越联谊晚会、乘游艇出海、享受各种腐败大餐、下乡调研……有一次在南宁火车站钱包、火车票被偷，身无分文在派出所里坐了一个通宵，等钱等火车，第二天好友打来钱在民警的账户上，然后再去取钱排队买票。

这个夏天防城港电视台波哥敏姐他们的照顾，让我觉得"走出去"并不是一件难事。我有力量自己去掌舵扬帆——不辜负自己的每一次突发奇想。就像坐在开往远方的火车上，就像背着包跑在空旷的马路上，那种跳出逼仄的现实窠臼的雀跃欣喜感，我觉得这就是意义。

大理春夏秋冬青年旅舍、西双版纳北岸青年旅舍、苏州小雅青年旅舍、三亚纳绿娜冲浪俱乐部和一缕阳光潜水客栈、海口花梨之家乡村青年旅舍、呼伦贝尔青年旅舍……两年的时间里，我以窥一斑而见全豹的方式，驻扎在旅舍根据地，打工慢旅行，去认识身处的城市和乡村，有西南高原，有热带雨林，有江南古镇，有碧海蓝天，有火山村落，有丰沛草原。吃过白族人家的生皮，蹭过鄂温克族的蒙古包，在南海潜过水，在大兴安岭采过蘑菇。在青旅这个小小乌托邦里，遇见了形形色色的人和故事。

后来我慢慢发现，不论是城市还是乡村，尽管社会环境变幻新鲜，生活内核却不会有改变。"你会发现没有新的土地，你会发现没有别的大海。你将到达的永远是同一座城市，别指望还有他乡。"可是，哪怕最终殊途同归，我还是难忘在这几座城市的经历，谢谢它们宽容我的虚妄和愚昧。

目 录
contents

大理最好的东西，就是那日光倾城。到了云南，风景就像打了一层高光的照片似的，满满当当的明亮。站在露天的顶层，背倚苍山，远眺洱海，每一朵云都傻厚傻厚般地白。

大爹天文地理，无所不晓；歪门邪道，也有涉猎。他是店里的水电工、院中的园丁、门锁匠，还负责值夜班、早晚遛狗、背苍山泉水。他当年在部队里当军医，据说中西医全通。

扪心自问，我愿意花一年青春去偏远山区支教吗？我能受得了没有电视电脑，住在简陋的招待所，食无定点，泡面度日的日子吗？想到这里，我不得不再次向他致敬。

暗红色、黏糊糊的猪肝薄片端上桌来，两桌大理人都沸腾起来了，纷纷说好久没吃这道菜，想念得很。杨姐预备着要给我搛两块，我见状，吓得迅速端起饭碗落荒而逃。

坐在城墙上看一会儿日落金山——苍山常年顶着一头积雪，这就是所谓"苍山负雪"了。太阳从苍山背面沉下去，日头不见了，散射出的霞光给苍山镶了一道金边，晚霞的明亮和连绵山峦的墨黛色之间，有一条界限分明的金黄色波浪线条，神迹般造化。

054
西双版纳篇

目 录 <small>contents</small>

三亚篇 122

162

海口篇

目 录
contents

大理篇

DaLi

坐在城墙上看一会儿日落金山——苍山常年顶着一头积雪，这就是所谓"苍山负雪"了。太阳从苍山背面沉下去，日头不见了，散射出的霞光给苍山镶了一道金边，晚霞的明亮和连绵山峦的墨黛色之间，有一条界限分明的金黄色波浪线条，神迹般造化。

大爹看到我艳美的表情，大方地跟主人家说，"我家姑娘是真喜欢那块石头，这样吧，我也不要你家彩礼了，明天你们就抬轿子过来娶媳妇！"回到酒桌上，主人家居然真问起了我的生辰八字来，得知我生肖属马，主人家一拍大腿："属马，属马好得很啊！我家儿子属虎，马马虎虎，你俩配起来马马虎虎过日子，这再好不过了！"

在这个话题里，我辗转听到了一句话，大意是"在偏见里活得自在"。我太喜欢这句话了。我也喜欢大理这种包容的文化氛围，大理不只是成功人士的退隐后花园，也容得下我们这些口袋里排不出几个大钱的人。不管大理房价还要涨多少，日光倾城、流云万里、清风明月永远不花钱，但愿苍山洱海与大家同在。

坐在博爱路路口，苍山吹下来的风直接从214国道那个口子灌下来，还有吉他和歌声，我娘家——春夏秋冬青旅就在我身后，有一种熟悉的归属感。在喧嚣中，我看到生命有那么多种可能，生命之树枝繁叶茂，呼吸一张一合，每片叶子都有自己独特的纹路。

夜晚的春夏秋冬旅舍，背后可见苍山云

旅舍简介

　　春夏秋冬青旅坐落在大理古城人民路上段与博爱路的交叉路口，前身是老四季客栈，在老四季客栈关门后，原班人马转到春夏秋冬青旅。

　　旅舍是一座由春风阁、夏花苑、秋月楼、冬雪居组成的白族民居庭院。旅舍背依苍山，面朝洱海，门临人民路，是古城里地理位置极佳的一家老青旅。主院前后还藏着两个小院子，后院是独栋带地暖的日式榻榻米房间，侧院是员工宿舍楼，有一个可爱的旋式复古铁楼梯。主楼顶层是个露天大阳台，视野开阔，远眺洱海，看苍山负雪，还有大理的肥厚肥厚的云。店里的大爹，是个本地百事通，天文地理星相八卦挖兰花淘大理石都可以找他——要是有人通过本书遇到他，请转告这个云南大爹，有个湘妹子挂念他。

不知为何，我直觉大理或者清迈将是自己以后的第二故乡，所以我"走出去"的第一步先去考察大理。

在YHA论坛（国际青年旅舍中文论坛）里，我找到了大理地区的青旅名单，和古城里的春夏秋冬青年旅舍老板邓总联系上，投完简历，和邓总协商好到岗日期，他告诉我在大理这一站待完后，再调我去西双版纳店，这让我惊喜有加，于是迅速敲定了行程。

在大理春夏秋冬青旅，我交了一个忘年之交——大爹，跟着他和本地人小鲍哥，去白族人家里蹭吃蹭喝；逛三月街、葛根会；背泉水；挖兰花；去十八溪捡大理石；上前台小熊家看杀年猪吃生皮；陪着大爹值夜班听他一边抽水烟一边吹牛"想当年我当兵的时候"；冬夜里围着火盆烤饵块，和各路江湖旅人们一起烤火取暖……

不管春夏秋冬青旅是不是已经换了老板，店门是不是改了朝向，只要大爹仍在，庭院仍在，兰花镜面草仍在，它就永远是我的大理娘家。

劳动大考验

2010年的冬天，我又撒了一个谎——"妈妈，系里一个关系好的老师，她有三个昆明实习的名额，要不我去试试？"每次向父母征询意见，其实就是下通知，我决定的事情他们拦也拦不住。从小到大都是这样，初升高、转学、大学填志愿等等，这些都是我自己作的决定，他们说再多也没用。尽管他们已经习惯了我的倔驴性格——但我还是很照顾他们情绪的，能撒谎就尽量撒谎圆过去。还有，我的另一个原则就是：自己攒钱，决不能花爸妈的钱四处瞎折腾。我选昆明，是因为大众印象里，西南属于蛮荒之地，但昆明好歹是个省级行政中心，而且大理离昆明比较近，这个谎也不算离谱，我心理上比较好受一点。

那天，我下了火车，从大理下关坐公交到古城，8路公交车沿线一路风景大好，左边是连绵起伏的苍山，右边是黛绿蜿蜒的洱海，窗外碧空万里，日光倾城，和阴霾的长沙完全是两重天。我忍不住兴奋地给爸妈打了一个电话："我到了，大理的天真亮啊！"

——"大理？"

——"额，你听错了，这里，是这里，我说的是昆明这里。"

就这样连哄带骗瞒过家人，我来到了这"理"。经过南宁火车站那场悲催事件后，我反倒大有"一朝被蛇咬，来年胆更壮"的气势，有的女同学问一个人独自旅行不怕吗，对于这种问题我总觉得不可思议，有什么好怕的？

来之前，我在青旅论坛里发了一个帖子求义工机会，和大理春夏秋冬青旅的老板邓总短短聊了几句，就敲定了大理这一家。这是我第一次去青旅做义工，有些忐忑紧张。我不知道该怎么融入大群体，我这种慢热的人，其实是不太适合青旅工作的。

　　和我同一批次的还有女生小敏，没读大学也没工作，在家待业。典型的广东女生，因为征地，家里有资产，吃喝不愁，不用上班，当地读大学的氛围也不浓，她说好多女同学都没有去读大学，而是早早地结婚生子了。她说不想这么早过日子，趁有时间先出来看一看世界。

　　我们都被安排在客房部，跟着李姐打扫庭院、清理客房、晾洗床单，那一阵正赶上黄金节假日和春节档，店里常常爆满，所以客房部的劳动量还是挺大的。每天早七点就起床，打扫院子，桌椅楼梯都要擦一遍，倒垃圾。九点钟才开始吃早餐，吃完早餐，清理客房到午饭时间，有时赶上退房多，一

春和景明的苍山小全景

直到下午两三点，剩下的时间就是自己安排了。

我们刚开始都觉得挺累，而且小敏似乎没有心理准备——她这次来大理，行李箱里装了三双鞋，且都是高跟鞋。有次我无意听到大妈们在聊天，说到小敏，大妈用"我吃的盐比你们吃的饭还多"的语气说："小敏她肯定要走的，你看看，哪有穿着小裙子踩着高跟鞋去打扫客房的？"果然，没过三四天，小敏就拉上她那大大的行李箱走人了。

客房累是累，不过也有有趣的时候，在李姐的指导下，我学会了快速绗被子大法，一个人双脚站立不动，只用三个动作，就能干净利落地绗好一床

被子，这是一件多么富有成就感的事！还有披床单，要把床尾两个被角披得棱角分明，这也是门技术活。

我最喜欢在顶楼露天阳台晾床单。大理最好的东西，就是那日光倾城。到了云南，风景就像打了一层高光的照片似的，满满当当的明亮。站在露天的顶层，背倚苍山，远眺洱海，每一朵云都傻厚傻厚般地白。大理冬天还是比较冷的，但只要一出太阳，拉张椅子往太阳底下一坐，人就暖和过来了。闲下来时，穿梭在重重床单间晒太阳，闻着洗衣粉的味道，在顶层露台上眯着眼睛睡一会，这是一大享受。后来我被安排在前台工作，虽然脱离了客房繁重的体力活劳动，但我还是常常去阳台帮李姐晾收床单——洗衣粉混和了阳光的味道真好闻。

大爹

云南人管老伯都叫"大爹",青旅里的大爹今年六十,他参军十六年,丝毫名利没得到就回乡了。

我来青旅的第一天,带了些湖南特产过来,给店里的员工尝尝。去到大爹房间,大爹刚睡醒,睡眼蒙胧。听到我是湖南妹子后,眼睛立刻就亮了起来。在后来的日子里,我陪着大爹值夜班围火盆烤火,他跟我聊起他在湖南邵阳时的参军生涯,说当时有个湘妹子要跟他回昆明,他没答应,"那时候

苍山金光

年纪太小了，见到女生就脸红，哪好意思呀？"我问大爹还记得那个女孩子的名字吗？"记不清楚了，叫桃花？还是李花来着？"

在大理的冬夜里，我最喜欢的事，就是围着火盆一边烤火，一边听大爹吹牛。大爹爱烟爱酒，他有一杆水烟筒，是他值夜班之必备。每次一准备抽水烟，他就主动把打火机递给我，我则默契十足地接过来，给他塞烟丝、点火，服侍周全，谁叫他是我大爹呢！我等着他"咕咚咕咚"心满意足地抽完两筒烟，这时候他就开始吹牛了。

大爹是昆明宜良人，最北到过佳木斯，最南到过缅甸。他年轻时参加抗美援朝，人还没跨过鸭绿江呢，就接到社会主义胜利了的消息，当然这时仗也不用打了，于是他和同伴们去了佳木斯做木材生意。"哎呀，睡大炕，吃酸菜炖粉条，喝人参泡酒。"东北日子过得可美了。去缅甸是因为他有个哥哥在那当官，副县长级别呢，"不过缅甸的副县长也比不上中国的副乡长，那边太穷了。"我说大爹你护照给我看看，大爹说，护照？去个缅甸还用什么护照吗？

大爹天文地理，无所不晓；歪门邪道，也有涉猎。他是店里的水电工、院中的园丁、门锁匠，还负责值夜班、早晚遛狗、背苍山泉水。他当年在部队里当军医，据说中西医全通。除了这些店里的杂务事之外，他还会看手相、挖兰花、结交江湖各路朋友。最后最重要的角色是店里的大活宝，真是"家有一老，如获一宝"。

大爹自称是个没文化的人，但是他却有一堆玩古董的、养茶花的、倒卖大理石的、练气功的形形色色的朋友。他常带我出去逛，有次去他武庙会卖古董的一个朋友处喝茶，大爹喝茶如饮马，三杯两杯一气喝下，连沏两壶后，他那朋友心痛地说，老邱，这茶很贵的啊，陈年老普洱，你给懂茶？（"给"，云南话，是否的意思）大爹不管那么多，撂下一句"贵不贵我不知道，利尿倒是真的"，然后起身撩开茶室帘子，直奔厕所去了。

听说大爹刚来大理时，每天都要去五华楼看露天电影《五朵金花》，风雨无阻。问他为什么，大爹说："就是好看么，电影里的那些东西和我小时候一模一样的。"这种好玩的事情，我当然要央着他带我去看免费电影了，他拗不过我，带我去了一趟五华楼。五华楼每晚八点整都会放映一遍《五朵金花》，因为游客多，大爹特意给我找了个风水宝地的位置，还说是为了让我见识身旁的那个神人。坐我旁边的是个老大爹，我没察觉出他有什么特异功能啊！电影正式开始，我身边的老大爹忽然就精神抖擞了起来，他的特异功能就是溜台词，《五朵金花》整部电影从头到尾不论什么角色，所有台词他能一溜儿背下来，而且还一人分配男、女音。

阿鹏：

    去年订亲蝴蝶泉

    金花约我今年见

    不是金花莫搭腔

    金花快露面

金花：

    哎 哪个哟你来相见哪

    胡言知己瞎埋怨

    自作多情真可笑

    嘿泼水把你撵

旅舍的公共休息厅

　　身边这位老大爷一人分饰两角，配音配得那个声情并茂呀，打情骂俏，惟妙惟肖，我在一旁听着，就像在看声画不同步的电影，逗死我了。

　　大爹有个QQ号，不过他记不住，他连自己手机号码都记不住，每次出门随身带着一个小记事本，上面记了他所有亲友的联系方式。他不太会用手机，手机用途仅限接电话、打电话。短信和通讯录都用不来。有次他想着给以前的义工发短信，但是不会用，最后给人家发了一堆句号过去。于是我想着要教会大爹用QQ，以后要是我回去了，还能和大爹视频聊天，听他吹吹牛。"鼠标点两下这个笨鸟，然后把你的QQ号和密码输进去，再点一下登录就行了。这个头像是我，我给你写清楚名字了，小肖就是我，你要是什么时候有空，看见我这个图像，你就点我两下，到时候我们就可以视频聊天了。"我一步一步地教他，直到他表示学会了。过了两三天，他主动跑来跟我说，他一步也没记住，给全忘了。

至今，大爹的QQ签名档还是那一句，我帮填上去的，"大爹坚持每天到五华楼去看《五朵金花》，大爹只会发空白短信。"可是自我走后，他的头像从没亮起过。

我第二次回大理去看他，从贵州带去的青酒因为半路遇知己被我们喝掉了，我提着水果嗫嗫嚅嚅地给大爹解释（我以前说过的，既然是大爹家的姑娘，来看望大爹必然要带上好酒啊），大爹爽快地挥挥手，"心意到了就好，小肖你还记得大爹就够开心了。"大爹，我下次再回大理时，一定补上好酒。

火盆围夜话 江湖多散人

大理的冬天也很冷，和江南地区一样，没有暖气。天一擦黑，大妈就开始在火盆生火，添足了木炭放在活动大厅，在这一小方空间里，我听了不少好故事，认识了一些天南地北的有意思的朋友，有的现在还互有联系。

曹智齐，来自青海，父母都是军人，从小在军区大院里长大，家教甚严，但是他反骨生得凸，叛逆起来更是没遮没拦，离家出走过，还当过建筑

采来的野花，配五元一个的云南粗陶罐

小工、端过盘子刷过碗、接商业广告摄影，自己一笔一笔存钱买房，说是要给女朋友买份安全感。和我一样也是传媒专业的，毕业后没找正经工作，而是去广西河池支教了一年。一年青春多宝贵啊，我问他觉得可惜吗，他说并不可惜，得到的比失去的要多得多。他兴致勃勃地给我看他的博客，看他的学生们的照片，给我描述当地的贫穷程度——小孩子因为没鞋穿，常年打赤脚。他去学生家家访看到的情况更糟糕，有的屋子甚至遮风挡雨都成问题，俗语说"穷得家徒四壁"，有的人家却穷得连墙壁也没有，只能用竹篾织成的席子挡风，家里温饱生计都成问题，更别说送孩子上学了，所以当地失学率很高。为此，曹智齐还组织了几次捐助活动，被推荐上过新浪首页，但是他还是叹口气道："一时热血真的解决不了问题。"扪心自问，我愿意花一年青春去偏远山区支教吗？我能受得了没有电视电脑，住在简陋的招待所，食无定点，泡面度日的日子吗？想到这里，我不得不再次向他致敬。

较熟的一个（当时没互留联系方式，但后来却在网上巧遇，青旅真是个小圈子），成都男生赵，毕业后在丽江某客栈做了一年的前台，然后辞了职，高价买了辆自行车，准备骑行丽江——大理——西双版纳。正值冬天下雪的时候，丽江骑到大理花了四五天时间，来到大理时，手脚已经皲裂了。高原上生活了一年，皮肤黑亮，听说在成都时还是个白面小生呢。

那时经常半夜陪着大爹烤火守夜，围着火盆听他吹牛，有一晚赵也围了过来，对大爹的沧桑一生也好奇，给我看他手机里丽江陌上花开客栈里的猫猫，还有一只文在他手腕和手肘中间的尼泊尔天眼，那只天眼给我印象很深，神秘而辽远。赵是个资深烟民，见大爹咕咚咕咚地抽水烟，他也要试着来一筒。大爹见状，惺惺惜惺惺，拿出他的存货，一把阴干了的大麻（院子里有一棵高两三米、枝叶繁茂的大麻树，不知雌雄。店里不少外国嬉皮士

前台一角

会偷偷摘去尝试一下，大爹也会收集一些，在阴凉处晾干了自己抽）。先锋小青年见了这东西，两眼一亮，当然乐得一试，就用大爹的水烟筒，学着大爹的样子，咕咚咕咚来了一筒。我问他这东西真有致幻作用么？他微眯着眼睛，故作迷幻之态，嘿嘿说这真是个好东西。其实才没有呢，院子里这棵并不是有致幻作用的大麻品种。这种大麻结籽后，当地人称火麻籽，当地婆婆们收集起来，炒熟了，闲时就嗑一盘。

骑行在云南并不是那么容易，除开路况，还有不断的上坡下坡。最艰难的，还是对抗自己。难忘他走前一晚围火盆时的一句话，那时话题已间断，炭火慢慢温冷，他沉默了好久，幽幽来了一句：你知道我为什么说这么多话吗？——因为一个人骑行在路上真的太孤独，都没人说说话。

为了这个好东西，他又在大理滞留了一天，和三个胸前挂着大奖杯酒樽的美国嬉皮士，去了叶子酒吧。后来我到了西双版纳，在湄公河咖啡馆又遇到他，意外又欢欣。我问他大理到西双版纳骑行了多久，他笑笑说，骑到景东觉得没劲（约全程的八分之一），就把车送给别人了，无车一身轻，搭大巴来的版纳。这，这，该说什么好？

北京大叔，住在男女混住多人间，大概住了近一个月。从事古籍善本行业，不要求坐班。过得悠游自在，每天睡到自然醒，然后冲杯速溶咖啡去阳台上发呆，他几乎每年都要来大理长住一次。有次他带我去老四季客栈怀

花木扶疏的庭院一角

古，给我说老四季的故事。老四季客栈可以说是大理最早的客栈，台湾人阿龙开的，据说阿龙一来到大理就认定了这是他后半辈子落脚的地方，于是开

青旅里的江湖散人们

了客栈，娶了朵金花就安居乐业了。后来他大病回台湾，这里没过两年就遭遇拆迁命运，我和北京大叔去凭吊老四季客栈时，才发现它已经成为政府拆迁办的办公点了，大门紧闭，上书八个大字——"政府公地，闲人免进"。

神奇老爷子，每天手里握着个小紫砂壶，有时在客厅见到他，茶壶不见了，多了一瓶酒。反正他是茶酒不离身。虽然喊他老爷子，但老爷子面相并不老，登记入住我看他身份证时还愣了一下，真看不出他已经是六十岁的人，戴着流行的黑框圆眼镜，衣着鲜亮，还时常跟我们卖萌，可能是童心未泯的人真的能保持年轻。他是老"驴"友，国内不仅走遍了，更多的是在一遍一遍地故地重游，他说，好多地方再次去，感受很不一样。记得最清楚的是他给我说在云南腾冲时的事，二十世纪九十年代的时候，腾冲还是个名不见经传的小镇子，温泉什么的都没开发出来。那时最爽的是去"滑草"，何谓滑草？就像滑雪，腾冲那边的草塘长势特别好，找一个草坡，坐在当地特制的滑草板上，自坡顶一路滑下，蓝天绿草"咻"地掠过眼前，周围都是绿意盎然，有时不小心，一头栽进草塘里，不过也没关系，草塘里尽是肥美的野鱼，反正湿身了，顺便抓鱼回来熬汤喝，哎，那个鲜啊，啧啧，鲜得眉毛都要掉了。

杀年猪，吃生皮

大理传统美食除了乳扇饵块海菜花玫瑰酱，还有一道不能错过的生猛美食：生皮和生肉。

我曾和大爹小鲍哥在白石溪下段的村民家中吃过一顿生皮，可惜那是买来的，并非原汁原味，是个遗憾。后来终于逮着了机会，店里前台小熊家杀年猪，请大家去她老家凤仪镇的一个村子里吃农家饭。

大年初六，青旅里留了一两个没口福的看店，两辆车载着我们晃晃荡荡开往乡下去。

小熊家坐落在一个有山有水的村子里，绕过一个大水库，盘上半个山坡便到了她家，我们人还未踏进庭院，迎客的长鞭炮便响了起来。小熊家人热情地招呼我们，端茶倒水，添炭旺火。喝了两口茶，我便拉着旁边的小孩带我去看杀年猪。在小熊家晒场的一角，一架楼梯上挂着一扇猪身子，旁边还有一堆稻草灰烬。原来我们还是没赶上热闹，猪早就宰完了。

"你们来之前，猪就杀好了，现在准备吃饭，快去尝尝我们大理的生皮。"小熊妈妈走过来，催我们去吃饭。听到肉已上桌，我的失望顿时一扫而光，几个人乐颠乐颠地跑去里厅。

大理人每逢过年都要杀一头年猪，挑那养了足足一年的农家猪（完全不同于饲料圈养的，那种圈养猪几个月就能宰肉上市），由家里的壮汉一刀结果了它的性命并放完血（新鲜猪血收集起来，煮猪血汤，洒点香菜沫，嫩鲜无比）。杀猪前早已准备好稻草堆，点燃稻草，燎一轮，褪掉猪毛，洗净后，再在松木炭火上熏一遍，据说这样的生皮才有好滋味。

稻草松枝熏过的生猪皮，已经半熟了，不再做任何加工，将猪皮切成细条，码在盘子里，备好姜蒜辣椒末、醋、高度白酒、芝麻菜（当地特有的一种蔬菜，嚼后齿间留有芝麻香，故得此名），还有其他各家独有的秘制调料，混合起来，调制成蘸酱，沾着酱大快朵颐地吃生皮生肉。面对一桌生皮、生肉，我心里有点打鼓，下筷夹起肉，看一眼，脑子里自动播放生物书里的猪肉绦虫。杨姐看我小心翼翼的样子，给我解释道，大理人这样吃几百年了，没事，而且蘸酱里的白酒也有杀菌作用，放心吃吧。说着还一边夸张地吃一块，示意给我看。在他们的怂恿下，我当然不会露怯，于是硬着头皮故作镇定地吃了一块生肉，但是没敢细嚼就咽了下去，猪八戒吃人参果，食不知味。后来还来了一盘更生猛的——新鲜生猪肝！暗红色、黏糊糊的猪肝薄片端上桌来，两桌大理人都沸腾起来了，纷纷说好久没吃这道菜，想念得很。杨姐预备着要给我捡两块，我见状，吓得迅速端起饭碗落荒而逃。

如果能战胜心理恐惧，生皮其实是很美味的。半熟的猪皮，吃起来有松香味，又有嚼头，沾上特制蘸酱，非常下饭。大伙儿酒足饭饱之后，小熊家人又端来自家捡的松子给大家嗑，当作磨牙零食。云南山里产松子，是特有的落水松，从山上捡来野生松球后，晒干剥出松子，粒粒饱满有分量，据说这种松子倒进水里，会沉下去，所以叫作落水松。这种落水松皮薄仁厚，又容易嗑开，吃上两颗，满嘴都是清新的松脂香味。

屋后的山坡居然就有一片松树林，我们想象着松树下落满了一层松塔，就等着我们去捡呢。于是提议爬后山捡松子去，小熊说，早有人抢先一步了，秋天村民们捡剩下的漏网松子，肯定都被松鼠山雀什么的给搬回家去了。而我们却不甘心，一定要去碰碰运气。

山路虽然崎岖陡峭，但是没有荆棘挡道，毕竟是冬天了，树木萧瑟，松针落了一地，就是不见松塔，果然小熊警告得对：山中剩余的松子都被小动物们搬回洞穴里过冬了。我们在山中溜达了半圈，没一点收获，从山上望下去，村庄屋舍坐落在水库周围，村里有人在焚烧秸秆，用做明年春耕的堆肥，炊烟袅袅，这幅乡村小景真是合了古诗里的描述："一去二三里，烟村四五家，亭台六七座，八九十枝花。"

兴尽而归，回去时小熊妈妈硬给我们塞了一袋子生猪皮和松子，归途中一路言笑。晚上大家围火盆烤饵块时，顺带着烤生猪皮，油滋滋外冒，撒上一点点盐巴，妙不可言，就算到现在，我都还能想起那股混合着松枝猪肉脂油味的香气。

我在这理啊

换下客房岗位后，转去前台，日子就闲散多了。我每天都跟在大爹身后，还有"黑妹"的屁股后面，四处溜达。黑妹是店里的一条狗，贵宾犬种，每天早晚都要出门遛一次。"黑妹"力气奇大，只要一出门，拽都拽不住，每次出门遛狗，我跟在它屁股后面奋力地追，这哪是人遛狗，应该是狗遛人。遛狗路上，还要背上竹篓，顺道打泉水回来，从店门口到309国道，再往苍山方向走，上个高坡，左转就是大榕树和苍山泉水的打水点了。一般是大爹牵着狗，我背着竹篓，里面放着一个40升的山泉塑料桶，两人一狗一竹篓就上山打泉水去。

那时古城里还没有把苍山泉水引下来，知道这个大榕树打水点的并不多，去打水的也都是些老大理人。有拖轱辘车的、背竹篓的、提一大串塑料瓶子的，大家在路上遇到了，相视一笑。笑里有一种狡猾的惺惺相惜的意味，没有游客烦扰，没有不良商户乱采乱用，大家都希望保持这样，哪怕打

一桶水要走这么远，就算辛苦也值得。路上有一面斜坡围墙，围墙上爬满了炮仗花，大榕树边有一处荒宅，园子的柴扉都腐朽了，角落里长着一蓬茂盛的马蹄莲，开着大朵洁白的花，开得那么好，不由得让人生起盗花之心，所以我连着偷了几次，采回去插在花瓶里。我不敢举着花招摇过市，何况还是偷来的花，于是我只好把马蹄莲递给大爹。大爹也不好意思，只好把花绑在了"黑妹"背上。"黑妹"一身黑不溜秋，似乎也不好意思，它经过博爱路口时，耷拉着眼皮，眉毛垂下来，左右瞄一眼人群，迅速地钻回店里。

　　傍晚，我们和"黑妹"围着大理南城墙走一圈，这时已经没有游客，一整条宽大的城墙都是我们的。坐在城墙上看一会儿日落金山——苍山常年顶着一头积雪，这就是所谓"苍山负雪"了。太阳从苍山背面沉下去，太阳不见了，散射出的霞光给苍山镶了一道金边，晚霞的明亮和连绵山峦的墨黛色之间，有一条界限分明的金黄色波浪线条，神迹般造化。我把"黑妹"的头

独归我一人所有的南城墙

　　搬过来，指着这般壮景给它看，但是"黑妹"丝毫不为所动，我想，可能因为它是一条大理狗吧，对这种美景早就习以为常了，只有外地人才大惊小怪呢。顶着霞光余晖回家，一步三回头看看那道金色的波浪线是否还在，等下坡走到博爱路口，暮色已经拥抱了整个古城。

　　大爹告诉我，每个周日大理下关都有个旧货市场，可以去凑凑热闹。旧货市场基本都是二手货，什么都有，衣服、鞋子、二手书、建材、五金……我见过有老乡把自家的腊肉也拿来，摆在一堆二手厨具里一起卖。还有两条

下关二手市场里的一只羊头，我嫌重没有拿下，遗憾良久

大爹和"黑妹"在三塔青旅，现在三塔青旅已经是某知名媒体老板的私家店

巷子专卖古董，我在那花20元钱买过一个橡木锡底的烟灰缸，刻着一头小象，还花十几元钱买了把牛角刀，老旧的牛角都剥落好几块了，刀口又钝，甚至有豁口，可我却很喜欢，猜想这把刀的主人，有可能是茶马古道上某个跑马帮的马夫，不知道用它割过多少块牛肉干，剔过多少饼普洱茶。我还在巷子角落里捡到过一枚生肖邮票，记得老师说过，生肖邮票价值千金，我以为自己要突发横财了，乐得屁颠屁颠的，想着用这笔钱在双廊买块地的话，那建房子该选原木风格还是玻璃风格的呢？回去在网上一搜，发现只有生肖猴才值钱，我的发财梦瞬间破灭了。

我还喜欢跟着厨师或者大妈去菜市场买菜，我刚来大理，两周内吃的蔬菜都没重过样，而且多是我以前没吃过，甚至没见过的蔬菜。复兴路上的露天花摊，一堆堆的玫瑰、茉莉、雏菊，桶装的兰花，新鲜又便宜，光是一路看过去，就已经满心欢喜了。古城内有好几个菜市场，我们最常去的是复兴路路口下段的那个，就在梅子井酒家对面。菜市场很小，但是鱼肉蔬果齐

全，不时还有附近村子的老阿婆背着菜来这儿摆摊，有折耳根、藜蒿、芝麻菜、海菜花……菜市场口还有豌豆黄、凉鸡米线等各色小吃，我尤爱市场对面那家简易小吃摊的石屏豆腐。买完菜大妈都会顺手买些饵块，到了晚上烤火时，就着炭火烤饵块吃。饵块像黔湘的糍粑，糯米香十足，烤得鼓鼓囊囊直冒泡时就好了。软软糯糯，抹点玫瑰酱，那滋味，就算被烫得吱吱叫也舍不得松口。

菜市场地摊上的藜蒿

骑行洱海

前一天店里住下的客人日本大阪哥向我打听骑行洱海的事情，正好我第二天轮休，也想骑车去洱海，于是我们就对着地图研究起来，旁边刘哥见了，跟我们说："别费劲了，我已经做好了全部功课，去喜洲的海舌吧，来回大概六十公里，一天行程，要是相信我的话，明天跟我走就是了。"这当然好，我无法全翻译给大阪哥，只有一句——"Just follow him。"

大阪哥扮莉莉周

　　第二天等着刘哥他们俩在外面租好山地车，我们便出发了。我隐瞒没报的是，我骑术很烂，从没上过马路。从熙熙攘攘的人民路开下去，彼时已经没有退路了，我只有硬着头皮尾随他们。

　　途中遇见一片麦田，一垄垄油绿的麦子地，忍不住停车下去拍照，我问大阪哥这个像不像《关于莉莉周的一切》的那张海报，英文没法交流，只好拿出本子来，在纸上写下中文繁体字"关于莉莉周的一切"，他终于似懂非懂地"哦"了一下。我好奇他有看过中文书吗，他兴奋地对我点点头，在纸上速写了一只猴子，挑着一根金箍棒，一见此图，我俩异口同声大喝一句——"悟空！"大阪哥刚大学毕业，出来间隔年，从南洋群岛到东南亚再进入中国，云南完了就去上海飞回日本。他说心情好矛盾，很想回家，可是又舍不得终结旅途。

经过一段鹅卵石路的颠簸，我们终于骑到了海舌。海舌位于喜洲边缘，是从海岸边延伸向海心的一条狭长半岛，形同一条舌头，故叫"海舌"。游客稀少，也没有商业开发的痕迹，终于到头了，我们仨丢掉自行车，走下沙滩。海舌视野开阔，大半个洱海尽收眼底，天空高远，沉默的树长在洱海里。

躺在岸边，听洱海的浪潮声，晒着高原的太阳——云南的云，真正的棉花糖模样，一朵一朵地移来移去。最后，我们仨因为实在饿得不行，才告别了这片洱海宝地。回程路上逆风，吹得我们半边脸都歪了，才笼着暮色回到旅舍。

一马一乞丐，三猫四狗的除夕夜

这是我第一个离家在外过的除夕，店里的员工多数回家团圆去了。我和大爹大妈吃了顿晚饭，然后意兴阑珊地包饺子、等春晚，大爹大妈一个劲儿地念叨宜良的孙子，我则向爸妈撒谎说在新闻部主任家里，和他们一起过团圆年，很热闹，不用担心。2012年的春晚还是一如既往地煽情，假哄哄地唱团圆戏，主持人努力营造普天同庆合家欢乐的样子，异乡的游子看了，更落一肚子心酸。

就在我春晚看不下去的时候，古城东门边一家客栈的义工芳子来找我了。我们决定出门转转，准备以走完整条人民路来庆祝过年。路过坏猴子酒吧时，人声鼎沸，好几拨洋人聚在街头，拦住人就是"happy new year"，或者逮住人先来一个大大的拥抱。还有好些嬉皮士埋伏在路边，佯装无聊，暗地里丢响炮吓人玩，弹吉他的、敲非洲鼓的、抽大麻的，都在街头肆无忌惮地寻开心。我和芳子被迫和路人甲乙丙合照完后，也驻足不走了，和一群没心没肺、肆意狂欢的人们在一起，跨越了新年。过年烟花绽放的时候，我就在苍山脚下，大家眼里落着共同的欢乐和忧愁。尽管热闹，可我却怀着一股"热闹是别人的，而我什么都没有"的失落感，或许大家都这样。

人民路中下段几乎没有人了，送芳子过了叶榆路口，我们分道扬镳各自回家。我不想回去，四处转了转，古城东门附近漆黑一片，鲜有路人。心生寒意的时候开始往回走，就在叶榆路口，我偶遇了大理古城的传奇——一马三猫四狗一乞丐。乞丐不知姓名，靠乞讨养活自己之余，还匀出自己的口粮，养着一匹流浪马、三只流浪猫、四只流浪狗。马脖子上挂着大铃铛，猫狗脖子上系着小铃铛，凡他们路过之处，铃铛丁当作响，阵阵清脆声音散开，古城人民都熟悉了他们的声响，每逢此时，就拿出家里的剩饭剩菜，递到他们面前去。我听大爹讲了好几次关于他们的故事，却从没亲眼见过他

一户私人住宅，逍遥阁——这就是人民路的态度

们。在这个除夕之夜、在我独自摸黑归家的路上、在人民路下段与他们不期而遇，乞丐和他的猫猫狗狗窝在墙角，马立在他们身前，挡着寒风，这种相濡以沫的情形让我大为感动，而此刻，我MP3里正传来左小的《乌兰巴托的夜》：

　　"穿过旷野的风啊

　　慢些走

　　我用沉默告诉你

　　我醉了酒

　　飘向远方的云啊

　　慢些走

　　我用奔跑告诉你

　　我不回头

　　……"

君乘车，我戴笠，他日相逢下车揖

小鲍哥一个冬天没什么事情，经常来店里找大爹，不是去文化宫喝茶，就是去村里朋友家吃肉，每次这种好事也有我一份。

有一次，大爹跟着他朋友去了文笔村拿定制好的弩。小鲍哥乐呵呵地跟过去，还带着我这个小尾巴。到了之后，给人介绍，"这是我家姑娘，排行老小。"我看看大爹，他一脸淡定，正襟危坐地说笑话是大爹的看家本领。我当然配合了，热乎乎地叫伯伯、伯母好。大爹和小鲍哥本来只是去拿张弩，没想到一去就坐下开始喝酒了。主人说他这次从鹤庆回来，带回了几桶

在古城里逛街，一抬头就能看见苍山负雪

鹤庆大麦酒，一定要留我们尝酒吃晚饭。眼看着大爹听到酒这个字，两眼又亮了，我们只好装作盛情难却，顺水推舟蹭了一顿白族晚饭。白族人好客，主人家爽朗热情，还拿出传家宝，来给我这个湖南妹子开眼，大理石石胚经过切割打磨，切面宛如一幅天然水墨画。

他家神龛下摆了大大小小若干大理石，乘着酒兴，他还跑去厢房，拿来一方大理石，石面上是个绛红的古典仕女图，浑然天成，十分漂亮。主人家说这可是他家的传家之宝，想要的话，只有做了他家儿媳妇才行，大爹看到我艳羡的表情，大方地跟主人家说，"我家姑娘是真喜欢那块石头，这样吧，我也不要你家彩礼了，明天你们就抬轿子过来娶媳妇！"回到酒桌上，主人家居然真问起了我的生辰八字来，得知我生肖属马，主人家一拍大腿："属马，属马好得很啊！我家儿子属虎，马马虎虎，你俩配起来马马虎虎过日子，这再好不过了！"

好客的大理人喝起酒来是没完的，什么时候酒桌旁有人倒下了，这才算完。这回倒下的当然是大爹了。大爹已经醉得站不起来，一直唱着不成调子的黄梅戏，又或者是他大昆明的本土调子。小鲍哥和主人家抬着大爹下山出村子，我还不忘主人家允诺的那盆花，不管大爹醉成啥样，我捧着我的镜面草，屁颠屁颠地跟在他们后面，乘着月色回古城。

第二日，大爹坚决不承认自己的醉酒事迹，大妈问他，胳膊上撞的那块乌青是怎么来的，要不打电话告诉你闺女？这时大爹才嘿嘿认错了。醉酒事件没过几天，小鲍哥又拉着大爹去城外村里喝酒去，当然捎带着我。没有小车来接，但是"轰轰轰"地来了三辆摩托，接上我们去银桥村喝酒。银桥村距古城十来公里，在苍山十八溪之一的白石溪下段，吃完午饭，小鲍哥就带我去了白石溪捡大理石。

　　冬天的白石溪几近断流，一小丛溪流走着走着就没了踪影，河床里分布着大大小小的石头。小鲍哥给我普及经营大理石之道，说等开春后，租个门面做大理石生意。大理石和赌玉的性质有点像，进料不但要有渠道，自己也得有眼光、有杀伐决断的魄力。小鲍哥喜欢结交朋友，出门吃饭掏钱总是第一个，店里人常说他是 "钱不过身"、"手抓不紧的人"，他自己也说辛苦铜钱快活花，对身边的人，不管是有利益关系的合同方，还是他的学徒，或者我这个黄毛小丫头，他都是真诚而直爽的。他说："白族人，友好温和是天生的，小肖你回去后，要好好说说我们白族人啊。"

　　有次大爹和小鲍哥带我去他们朋友家吃饭，我无意间听到一段对话，大意是他们朋友对我很好奇，问"为吗对她这么好？"小鲍哥说，一个小姑娘，喜欢我们云南，千里迢迢从湖南来到大理，一个大学生愿意跟我这个小学毕业生一起玩，去了解我们白族文化，多难得。我听了心里五味杂陈，不好意思进门，转身出去了。

　　"君乘车，我戴笠，他日相逢下车揖；君担簦，我跨马，他日相逢为君下。"要是我有足够勇气，我一定会给大爹和小鲍哥唱这首古越歌。

　　我不知道吃了多少顿小鲍哥的饭，他还带着我们去藏家喝酥油茶。我离开大理的时候，犹豫了很久，没有打电话和他告个别，后来还听大爹说他腿受伤了，我也没打个电话慰问一下，倒不是天性凉薄，我只是不善言辞，且羞于表达心里的感恩和关怀。打了电话我也不敢说出那些客套话。

　　如果他们能看到这些，我想说，我记挂着你们，祝福你们平安喜乐，一切都好。

古城里一条不知名的小巷

古城摆地摊——人民路上有我的好心情

2012年夏天，我又去了一趟大理，待了一周，这是我第二次来大理，我想自己还会再来的，长居也有可能。

我每次出门摆摊都跟了一溜儿跟班，我们都是住一个房间的沙发客，四五人，高矮黑白瘦，浩浩荡荡从复兴路杀到人民路，先在人民路下段摆，等大理一中的学生放学，人流稀少后我们再转移根据地，挪到上段去。排排坐，吃果果，席地而坐，心无旁骛地看过路行人。我的地摊纯粹是打酱油性质的，卖的货品有：一路在贵州淘得的旧布，花裙子，舍不得丢的珍藏版书籍，二十世纪九十年代湖南文艺出版社的三毛《闹学记》、《万水千山走遍》，口琴，一盒彩铅……杂七杂八都是自己的累赘，我双肩背的大包和前面小包加起来已经五十斤多了，再不减轻负担，我担心自己会升级成为女金刚老怪的。

我在摆摊时遇到的一些人，颇值得记上一笔。

北京的"若英姐姐"，长得恬静，卖陶瓷。杭州的小茶和沉默哥，卖明信片和自制手工小饰品。

"红衣姐姐"阿紫，毕业一年，北边走来的，穿着大胆，大红裙子，额头围系红辫绳，赤脚，左脚系了脚链，圆润丰满，吉卜赛女郎加红尘菩萨的整合版。卖首饰，自己还会编手绳。从北边一路走来，也是一个月一个月地游走每个城市。我印象最深刻的是她说起西安，"前一天还聚会一起吃火锅的年轻姑娘，第二天大家再聚的时候，就收到了她的讣告，脑中风猝死。"

卖贵州绣片的石大哥，摆摊为养家糊口，贵州台江人，在大理干这行两三年了，但还是没发财。石大哥身材削瘦，模样老实本分，两个超级大包一个背一个拖，生意也不是很好，懂绣片的游人毕竟不多。随着货越收越多，销售滞后，手里的钱已经周转不开了，他说到了该交房租时，看着一堆积存

红尘"女菩萨"阿紫

的绣片，心里就发慌，聊到这个他总是有一层深深的焦虑。我收了摊，走过去主动找他聊天，展示我前些天在黔东南转了一圈的收获，大概是聊到他故乡的原因，他对我也打开了话匣子，激动地给我说贵州说岜沙，说他小时候

口吃哥卖鞋，还有人卖唱

的寨子里"男人出门是要佩枪的",又说北京上海,说那些驻守在潘家园卖绣片的乡亲们。

　　口吃患者何涛,是我在下关的旧货市场摆地摊玩时认识的,与他同行的还有一个中年大叔,郑州人姓郭,也是赶来大理治疗口吃的。神奇的大理!在下关居然有个"中国口吃协会",好大的牌号。后来我才得知,原来协会的创办者是大理人,以前也患有口吃,在后来的自治中,积累了很多经验,感念于口吃患者的辛苦,创办了口吃治疗的网站,随后干脆建立了公益性质的口吃治疗协会,慕名来大理学习经验的口吃会员们,只要缴纳少量资料书籍费、分摊租房水电费。几年下来,这个协会几乎成了全国的口吃革命根据地。协会的老成员口吃症状好转后,开始在大理自力更生,比如摆地摊,上"淘宝"网买些东西再摆摊卖出去,既挣了生活费又治了口吃。何涛的地摊主要卖草鞋,每双利润十多元,生意好时一天能挣一两百元钱,生活自足不是问题。他在古城摆摊三个多月了,和我们这些打酱油的地摊主不一样,少话而腼腆。

　　后来我又见到了一个年长的大叔级人物,第一眼就感到他的气场强大,他是大理地摊界的头号人物。他在人民路下段卖唱片,穿一件绛红色的喇嘛僧衣,脑袋光光,架着一副黑框圆眼镜。一脸的皱纹沧桑,手长脚长,瘦骨嶙峋。打一眼估摸着他有五十岁了,心里默默算道:五十岁了还在玩,内心可真够顽强的。然后我不由自主地生出同情怜悯来。后来我才打听到他的一些信息。他叫汪勇,年少时离家出走,一直游走在社会边缘,阅历丰富。来到云南后,一待就是多年。后来在大理古城,他和一个台湾来的电影学硕士女游客擦出火花,并且结婚。这样一个灰姑娘,不,灰大叔的故事简直太传奇了,是大理二货界的常青话题。在这个话题里,我辗转听到了一句话,大意是："在偏见里活得自在"。我太喜欢这句话了。我也喜欢大理这种包容的文化氛围，大理不只是成功人士的退隐后花园，也容得下我们这些口袋里排不出几个大钱的人。不管大理房价还要涨多少，日光倾城、流云万里、清风明月永远不花钱，但愿苍山洱海与大家同在。

博爱路口每天都有人在那摆音箱弹吉他卖唱，都是一些熟悉的民谣，齐秦，钟立风，周云蓬……

"我要带你到处去飞翔

走遍世界各地去观赏

没有烦恼没有那悲伤

自由自在身心多开朗

忘掉痛苦忘掉那悲伤

我们一起启程去流浪

虽然没有华厦美衣裳

但是心里充满着希望

我们要飞到那遥远地方

看一看这世界并非那么凄凉

我们要飞到那遥远地方

望一望这世界还是一片的光亮"

坐在博爱路路口，苍山吹下来的风直接从214国道那个口子灌下来，还有吉他和歌声，我娘家——春夏秋冬青旅就在我身后，有一种熟悉的归属感。在喧嚣中，我看到生命有那么多种可能，生命之树枝繁叶茂，呼吸一张一合，每片叶子都有自己独特的纹路。

去给我看摊的川娃儿

西双版纳篇

XiShuangBanNa

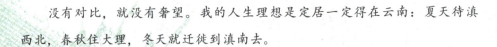

　　没有对比，就没有奢望。我的人生理想是定居一定得在云南：夏天待滇西北，春秋住大理，冬天就迁徙到滇南去。

　　不管入驻哪一个城市，我都很少去旅游景点。且不说门票有多贵，单是一拨拨神色紧张左张右望恨不得把本钱都看回来的游客，和一溜儿卖所谓"传统旅游纪念品"实质义乌货的商贩，就让人心生厌倦——我宁愿骑着车去转一转寨子和菜市场。

　　住客一进门就看见前台摆着的含羞草，都忍不住好奇去摸一把。为了防止含羞草被"摸死"，我在盒上画了个宝马汽车的LOGO，郑重地写下一行字："BMW，别摸我！"

　　邓总作为青旅界的老前辈，有着老前辈们的共同优点：好玩，仗义，性情中人。他们不仅实现着自己的小隐隐于野的乌托邦理想，还帮助身边的愣头青年，像帮助年少时的自己一样不遗余力，宽容地看待那些愚昧和不成熟。

景洪雨后常见的双层彩虹挂在旅舍上空

旅舍简介

位于西双版纳州府景洪市的北岸青旅，与澜沧江为邻，坐拥澜沧江江景。旅舍由两栋极具傣族特色的别墅组成，坐落在江北的怡景湾别墅小区内，江景房、标间、床位一应俱全，门口有一片庭院草地，傍晚坐在走廊的摇椅上乘凉，椰林晚风，对面就是半江瑟瑟半江红的澜沧江夕照，视野极佳。

西双版纳全年气候怡人，森林茂密，东南亚风情浓郁。景洪市是陆路通往缅甸与老挝的必经之地。除了市里的北岸旅舍，在南糯山寨还有一家附属的青旅营地，幽深的村寨，古茶树王，哈尼族傣族赶集……北岸青旅的老板邓总，是西南片区资深青旅老板，他在云南扎根几十年，哪里好玩好吃，肯定漏不了。

"带走的东西有：扎染三块，麻丝围巾三条，陶罐（喝清酒用的）一个，小油灯一个，旧的泰式烟灰缸一个（缸底有大象图案的铝皮，很漂亮），花裙子一条，裙裤一条，藏式小首饰六串，梅子酒两瓶，薄荷、马蹄莲幼苗若干株。我要离开大理，转移革命根据地去建设边疆西双版纳了……"

——2011.02.23，我的微博

老板邓总见我在大理辛苦了一个春节，于是把我排到版纳去过暖冬度假，不仅给我发了一笔过年费，还嘱咐前台给我买了去版纳的汽车票。我第一次出来做义工，就碰到如此大方又有情义的老板，算我人品大爆发了。

在西双版纳北岸青旅，我过了一个最温暖宜人的冬天，干活不多，饭来张口的日子倒没少过：住在最好的江景房里，每天枕着澜沧江入睡，听着客轮汽笛声醒来；去河边挖各种野生热带植物，带回来做盆栽；跟着老板邓总蹭夜宵吃香茅烤鱼，去傣族寨子里吃傣家饭；经历地震惊魂与澜沧江畔的超级月亮；集体裹着床单去泡十块钱的温泉；还有闹哄哄的热带草木气息，和绵长雨季：版纳，你好；澜沧江，你早！

西双版纳，你好；澜沧江，你早！

大理——景洪，这是一次我时常回想的旅途，倒不是因为第一次坐十七八个小时的大巴，而是因为每次走远途，我都心情大好，觉得几百元钱花在交通上，真值，不是为了到达目的地，而是享受那几十个小时的辰光，那时的自己，头脑清晰，心思活络而敏感，人似乎置身于另一个新次元，心身脱离万有引力的惯性，心绪在浩瀚的蓝色真空里，飘得很远很远。

那次走的还是老路，一路上，看见青黄相接的大麦梯地，看见一丛丛郁郁葱葱的凤尾竹，看见黑黢黢的有隐约轮廓的山脉线条，两岸植被茂密的静静河流，还有远处村寨收割完甘蔗后以原始农耕方式大火烧林，一时火光冲

澜沧江，你早！版纳大桥，你好！

澜沧江沿岸

天浓烟四起，红彤彤照映出隐秘散落的村庄。汽车翻越过了无量山后，夜晚从清冽寒重，渐渐过渡到春风拂暖。我睡在上铺，脑袋枕得高高的，睡不着就一直看着窗外天空，有毕生见过的最大最皎洁的月亮，高高低低跟随我了一路，稍微抬抬头，就能看到它，月亮似乎就枕在我耳边。在途经版纳热带森林公园的公路上，我一直暗暗期待，有一个大象家族从雨林中走出来，不紧不慢地横穿公路，我觉得大象的呜咽，是最悲伤的声音了。我一直想一直想，现在回忆起来，已经分不清有没有这回事了。

对于一个在长江以南地区长大的娃来说，过冬是件咬牙切齿的事，尤其是在没有取暖设备的学校里。到了西双版纳后，才感觉到长沙武汉的气候是多么恶劣，没有对比，就没有奢望。我的人生理想是定居一定得在云南：夏天待滇西北，春秋住大理，冬天就迁徙到滇南去。版纳一年到头都是短袖拖鞋当道，国内大部分地区都比不上它，三亚的冬季还有段时间要穿外套呢。

我到的三月份，版纳天天是碧空万里，酷晒难当。到了四月，气候突变，晴空渐少，连空气的味道都不一样，草木混着泥土的气息，这意味着，热带的雨季就要来了。两天后，雷雨隆隆而至，西双版纳下雨，一下就是几天几夜，不停歇地下，下得澜沧江的河水都变了颜色，水位迅速上涨，淹没了旱季时裸露出来的河洲和沙滩。

铁栅栏围墙外，攀援生长着几丛野生的牵牛花和娥眉豆，还有挖掘机爪牙下幸存的一棵野生木瓜。我一直觉得西双版纳的植物多产奇葩，充满特异功能，一棵藤上开好几种颜色的三角梅，还有绿茄子，还有多色牵牛花，叶大如舟的王莲，长在几十米高空奇香的寄生兰花。雨季一来，花草长势迅速。小区里的香蕉树，似乎一夜就"嗖"得长了一大截，一场雨下来，它就默默地多长了两轮青青的小香蕉。大雨不出门，窝在旅舍里看电影《青木瓜之味》，电影里有好几节青木瓜切丝凉拌的桥段，于是我和宁宁出门看看围墙边那棵木瓜树，看果实长大了没有。没想到，我们最众望所寄的那个大木瓜，已经掉落在地上了。不知道算不算是瓜熟蒂落。把它捡了起来，发现旁边攀援在铁栅栏上的野生娥眉豆也到收获时节了，我们摘了一大把，有的还带着蝇头小虫子，娥眉豆和木瓜一齐兜回来。豆子交给刘阿姨，我们学着《青木瓜之味》的刀法把木瓜给开膛破肚了，擦丝，浇上薄荷蒜茸剁椒，泡醋，包好保鲜膜放进冰箱。午饭照例是打卤面，饭前来一碟酸青木瓜丝，清清爽爽。

裹着床单去泡温泉

店里常来一个光头，我们叫他石大哥，东北人，包饺子吃饺子都是狠角色。他给了我们很多福利，比如免费去勐巴拉纳西看表演，比如蹭车去昆明，有一次他告诉我们一个泡温泉的好地方，露天硫黄温泉，关键点是门票只要10元钱。

郭叔听说了，当晚就说让我们开店里的车去泡温泉吧，他看家。我们虽然有点于心不忍，但很快就兴冲冲地上路了。七绕八绕进了寨子，已经天黑了，伸出头一看，附近只有个闪亮的霓虹灯，招牌上明显地写着特价温泉套餐：998元！我们四处打听那个没有名字的10元钱温泉，问了一圈"你知道那个10元的温泉在哪吗"，没有结果。后来见跟了我们一路的本地车超了我们，杨哥二话不说，跟了上去。果然杨哥精明，尾随本地车拐了几个弯就到了温泉中心。张圈圈考虑得周全，我们仨都没有泳衣怎么办，只有带上我们的床单了，粉红格子棉布，裹起来就是轻便型浴巾。

我们仨裹着床单，施施然走出来，害得温泉边的人都笑场了。

露天的超大温泉池，岸边一圈高耸的椰子林，漆黑的天幕，星星格外明亮。泡着温泉，想着只要10元钱，心里就更愉快了。这个秘密基地，要保密才好。真想要知道这个地址的话，去问北岸青旅的前台吧。

地震和超级月亮

地震来得毫无征兆，晚上八九点，大家都在大厅里上网，忽然电脑桌摇晃起来。因为没穿鞋，赤脚很容易就感受到了大地的震动，我第一次遭遇地震，没反应过来，与大家面面相觑了几秒，才有人喊起来：地震了！我扫视一圈，随手抓了一把东西，和大家跑了出去，站定在小区停

超级月亮与澜沧江

车道旁，惊魂未定地相互检查，看有没有漏下的人。地震持续时间很短，几分钟，我们小区附近没有出现房屋倒塌等大事故，但是站在屋外，能很清晰地听到远处的隆隆声。估摸着没有大事，大家才松了口气，我这时才发现手里攥着的是一圈蚊香，大伙笑话我半天，说考虑很周全啊，大难临头还不忘带蚊香。

过了半小时才了解到准确信息，原来靠近中缅交界的缅甸境内是震源，中国境内也有伤亡，我幸而无事。当晚还有好几次余震，但是我睡在四楼，睡得还挺踏实。

新闻媒体对三月那场地震毫无预报，对2011年的超级月亮倒是一轮一轮的播报。为了看到最圆最正的超级月亮，吃完晚饭，邓总开车带我们去景洪水电站大坝上去看月亮。路过蚁哥新楼盘，我们在门口张望了一下，之所以关注这个小区是因为，前两天店里住了一家子，小孩才半岁不到，一家三口来自上海，他们决定离开上海，辞职搬家，来版纳买房定居，过小城日子。

开进水电站的岔路，看到前方竖着一个牌子——此路禁行。因为蓄水截坝，封路了。于是折返回来，沿着澜沧江岸边开了一圈，找了个制高点。月亮升起在澜沧江北面的山坡上，浑圆而明亮，照着两岸，照着江面上的客轮，静静的，只有夏虫唧唧，澜沧江悄无声息地流淌。

走走走，跟着奶奶去傣家蹭饭

邓总的妈妈是个健谈热情的老奶奶，她有次在公交车上和邻座攀谈，认识了一个陌生的傣家姑娘。傣家姑娘有感于汉族奶奶的爽朗，邀请奶奶去她家里吃一顿正宗的傣家饭，双方还互留了电话号码。

没想到奶奶打了通电话，这个街头邀请就真的成行了，不但她要去，还拖家带口，带着我们一大群拖油瓶，邓总带头，关了店门，买上礼物开车直奔傣族姑娘的寨子里去。

傣族寨子头一般有几棵百年大榕树，在大榕树下见到了来接我们的傣家姑娘。这个寨子多是干栏式木房子，下层养牲畜，上层住家。不过现在寨子

在傣族姑娘家里

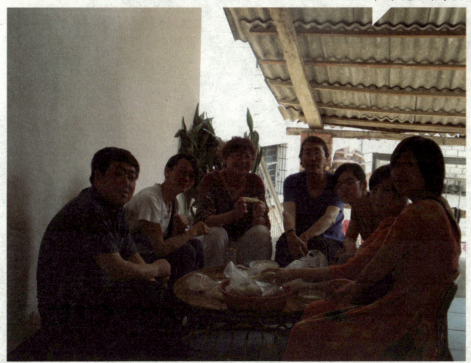

里养牲畜的已经不多了，所以下层多用来作仓库，放着一些闲置农具。傣族人非常爱干净，都是脱鞋赤脚进屋，我们去的时候，傣族妈妈还在家里跪着擦地。傣家妈妈不会汉语，只是一个劲儿给我们倒茶端水果。

　　傣家姑娘带我们转悠了一下寨子，她是家中老大，下面还有好几个弟弟，最小的还在上小学。她在景洪移动营业厅里做客服，赚点钱补贴家用。幸好家里有些橡胶树，不然真应付不了一个大家庭的生计。在橡胶林里，密密麻麻的橡胶树树干上都割去了一截皮，下端挂着一个小铁皮桶，他们过段时间就来收一次橡胶，家里的大部分收入就靠这些橡

傣家傍晚

胶树了。林子里还有几棵高大的酸角树，我们用竹竿勾了一些下来，第一次吃新鲜的酸角，酸不可言。要说版纳最好吃的东西，我得说那就是连本地人都夸赞不已的景洪苞米，我们去玉米地里掰了一些回去，现煮现吃，清香扑鼻，甜糯而粘牙。

午饭让我见识了新奇，倒不是两条炸罗非鱼肚子里的东南亚菜系调料，而是那碗喃咪酱，和清炒芭蕉花——没错，就是炒芭蕉花。我问了傣家姑娘，她说是把尚未开花的芭蕉花苞砍下来，剥去外壳，洗干净，手撕清炒即可。喃咪酱是烤熟的小西红柿，加辣椒、柠檬、薄荷、香茅等腌制而成的，用来佐炸牛皮吃。主人说中午的米饭是在寨子里买的，一小袋一小袋的

有苞米粒、喃咪酱、芭蕉花、乌鸡汤、香茅罗非鱼、糯米饭

独立包装，一人一份，我们好奇为什么米饭还要上外头买，主人笑笑说打开来看看就知道了，打开一看，原来这是糯米饭。傣族姑娘告诉我们，傣族规矩，接待贵客一定要用糯米饭，这个糯米她家没有，寨子里专门有人做这一行，自己山里种的糯米，煮好了上市里去卖。这种山间出产的糯米，清香四溢，平常可是难吃到的。

傍晚，我们坐在小阳台上一边吃菠萝和苞米，一边歇凉看夕阳，落日衔在傣家金字塔状的瓦檐和高高的椰子树之间，宁宁穿着傣族筒裙，站在老围墙下，好一幅活色生香的傣家风情画卷。

回去的时候，傣族姑娘把我们送到了寨子口，奶奶拉着她的手，祝福的话说了一遍又一遍，迟迟舍不得走。直到上了车，奶奶还在夸那个傣族姑娘，说真是不容易，撑起这么个大家庭，勤劳能干又懂事。

我知道，奶奶去"蹭"这顿饭，完全是出于一份热心肠，找个恰当的理由，去给那个傣族姑娘一点点钱物帮助。这事以后，凡是陪着爷爷奶奶打牌解闷这种差事，我再也不找借口溜号了。

我和单车小红

"我有一辆旧旧的小单车

刹车基本靠脚踩

看到'帅锅'会自动停下来

每个夜晚它都被印度洋的露水打湿

只有我和我的拖鞋是它唯二的朋友

转过一个尘土飞扬的岔路口

地里的茄子是绿色的

篱笆上的牵牛花是黄色的

采野花是很羞涩的

江北的非主流

江南的KTV

烂隔音技术

跨越午夜汤汤的澜沧江

把《爱情买卖》送到你耳边

今天早上

我带着我的小单车

去看望那棵高高大大不结果实的椰子树

路过昨晚凌乱的夜宵摊

烤焦了的香茅和鱼刺

依稀还能闻到薄荷的味道

混着那发往老挝缅甸的货船汽笛声

小单车悄悄跟我说

草稿箱已满"

　　　　　——2011年3月，我的一篇日志

店里的自行车还没买回来，唯一的一辆折叠车是陈哥从二手市场买来的，刹车已经不好使了。这辆破旧的单车，我们管它叫小红，小红像一匹任劳任怨的骡子一样，虽然笨，但给了我们不少方便，我们骑着它去附近的"乐家家"大超市，去勐腊路看夜景逛夜市，去周边寨子里晃荡。小红带着我去过曼斗村，景洪客船码头，新、旧版纳大桥，澜沧江某个无名码头，景洪水电站……

不管入驻哪一个城市，我都很少去旅游景点。且不说门票有多贵，单是一拨拨神色紧张左张右望恨不得把本钱都看回来的游客，和一溜儿卖所谓"传统旅游纪念品"实质义乌货的商贩，就让人心生厌倦——我宁愿骑着车去转一转寨子和菜市场。

我有时候出门连地图都不带，骑到郊区，尽往小巷里钻。有一次骑到马路尽头，面前只有一条通往芒果园上山的小径，我壮壮胆子进去了。小红很不争气，上坡骑不动，下坡没刹车不敢溜，累得我苦不堪言，又渴又乏，虽然身边都是伸手可及的芒果，但它们都还是青色的，看着这些圆滚滚的青芒果，肯定又酸又涩，我咽了咽口水，默默地找出山的路。在上坡阳面，视野稍微开阔处，我见到了一户农家，细细的竹篱笆围了起来，门口还有一块菜园子，种着苞米和番薯。篱笆里间隔种着木瓜，屋旁一棵高大的老龙眼树，树荫遮住了大半个屋子。屋子敞着门，有人在看电视，放的还是湖南卫星频道。屋里人似乎听到了外面的动静，起身走了出来，是个奶奶。我在吃傣家饭时学过几句傣语称呼，便用傣语向奶奶喊了一句"奶奶，你好！"奶奶高兴地从上到下打量我和单车小红，看了好几遍，说了几句傣语，当然我一句也没听懂。我试着用普通话跟奶奶说我很渴，想讨点水喝，怕她听不懂，还附带咕咚咕咚喝水动作。说完我看看奶奶的神情，她似乎是听懂了，搬出身边的板凳，摆在树荫下，示意我坐下，然后转身进去了。

奶奶出来时，不仅拿了一杯水，还端着一盘子切好的青芒果。青芒果削去了皮，切成条块，旁边还摆着一碟酱，类似之前吃过的喃咪酱。奶奶端到

我和单车小红的最后一晚

　　我面前，大概是不太会说普通话，只是说"吃，吃"，我不敢辜负奶奶的一片美意，拈起来一块尝了尝，味道并不像我想象中的涩口，酸酸的，吃下去后满口生津，甚至还有回甘。

　　从北岸旅舍出发，穿过客运码头，过了新版纳大桥就是市里了。我最喜欢骑经客运码头站，码头附近有一片绿化椰子林和草地，我有时就停下来，在草地上躺一会儿，专门等着客轮的汽笛声响起。客运站码头每天都有发往东南亚国家的国际客轮和货轮，轮船开动前都要响好一阵汽笛声"呜~呜~呜~"，我便想起纪录片《同饮一江水》来，我在版纳用闲散的时间把这部20集的纪录片看了两遍。这片湄公河哺育的土地上，土壤肥沃，物产丰富，有花朵，但也有苦难。这条蜿蜒经过六国的河流，默默地静水深流，不舍昼夜。

干活干活干活，享乐享乐享乐

我来的时候，北岸青旅还未正式营业，当时装修进入尾声，工人们都已撤走了，留下一些扫尾清洁工作，那就是我们这些小喽啰的事了。

北岸旅舍整体构造是两幢四层楼的独栋别墅，有一栋前方几十米就是澜沧江，坐拥江景，还附带着一片绿草地大院子，露天的走廊，下铺原木地台。为了延长木头的使用期，要把原木刷上清漆。木条先打扫一遍，清水冲洗干净了，先上一层色漆，等干了，第二天再上一遍清漆。

宁宁，张圈圈，涛哥，我们几个踢掉拖鞋，迅速变身勤劳油漆工。刷漆

自制花盆

我们正在刷地板栅栏油漆，勤劳的刷漆匠！

除了细心，还讲究力道均匀，不然薄厚不匀。经过好几轮的上漆，刷得大家腰酸背痛，两截走廊终于完工了，看着一地咖色的木地板，心里满满都是成就感。想着以后要是再回北岸青旅，还能得意地对旁人说"看，这就是想当年我刷的漆！"

我从大理带来的薄荷，长势很好，不到两周，薄荷就满地蔓延开来了。于是我想着移栽几盆，放在前台做摆设。说动手就动手，悄悄猫进邻居家前院，那里倒着一堆装修垃圾，我捡了几个方形塑料盒带回来，用剪刀戳了几个小洞眼，用来透气漏水，装上土，把薄荷分株，移种进来，幽幽的绿，还有凉凉的薄荷气。去澜沧江边捡来鹅卵石，洗干净了，放在纸盒里，种下院子角落里的铜钱草。门口草地上有一片含羞草，它们会在日落的时候，自动收紧叶子，有时还能预示天气，快要下雨的时候，它们也会收起叶子。我找了个小盒子，种上几株。住客一进门就看见前台摆着的含羞草，都忍不住好奇去摸一把。为了防止含羞草被"摸死"，我在盒上画了个宝马汽车的LOGO，郑重地写下一行字："BMW，别摸我！"后来这一盆含羞草被老板的爸妈带去了青岛家里，坐飞机飞走的，不知道它们在青岛是否会水土不服。

另一栋客房装修完毕后，清理装修的垃圾，磨掉地砖上、楼梯扶手、踢脚线因装修而沾上的各种水泥、白灰痕迹。一天下来，每个人都一身灰头土脸，干完活洗个澡，腾空了肚子，大家集体轰隆隆地去小区对面，吃一大盆川式毛血旺火锅，辣得祥子他们几个北方人直窜眼泪。两三天时间，大家齐心协力打扫完毕了，干活期间，还有郭叔送来慰问的冰镇西瓜，累得挺开心。

地板油漆是我们刷的！我们是群粉刷匠，干活真漂亮！

　　试营业期间，住客很少，自然也没什么活计。我待了一个月，权当是度假了——住在店里最奢华的江景房，晚上开着窗户，任凭带着印度洋温润气息的夜风吹进来，凉爽宜人，睡觉根本不用开空调。每天上午睡到自然醒，饭来张口，郭叔这个西北主厨，照顾我们大家南北胃口，于是"中午面食，晚餐米食"，我还跟着郭叔学会了揪面片，（肩上搭块毛巾）把面胚放肩上，一片一片地揪下来，厚薄均匀，揪完一份就盛出来，毛巾扯下来，拍打一下沾了面糊的肩膀，像个熟练的面馆伙夫一样，麻溜儿地端出去给客官。我得意地笑，回到厨房，不禁向郭叔夸赞起自己的伶俐来，每次这时候，郭叔总有北方俚语妙句形容我——小肖，你老是笑笑笑不停，是吃了喜鹊鹊的屁吗？！

　　享乐的日子是居多的，邓总带大家去橄榄坝旅游，每晚带夜宵回来分而食之，夜宵就是美味的香茅烤鱼了，还必然是市里曼丽翠青旅巷子口那一家的香茅烤鱼，鱼大、料多、味正。刘阿姨回西宁前，老板说要请我们店里的所有女士去看电影，后来还混进了男生杨哥和陈哥，我还记得那是景洪时光电影院的《观音山》，回来的路上，平常话不多的邓总还给我们推荐贾樟柯的电影。

　　借此我想感谢一下我的那些青旅老板们，第一个就是邓总了。我很庆幸自己第一次接触青旅，给我留下的都是好印象。邓总作为青旅界的老前辈，有着老前辈们的共同优点：好玩，仗义，性情中人。他们不仅实现着自己的小隐于野的乌托邦理想，还帮助身边的愣头青年，像帮助年少时的自己一样不遗余力，宽容地看待那些愚昧和不成熟。在西双版纳时，我们几个开车去市里，不小心因乱停车，收到一张罚单。灰溜溜地回家和邓总承认错误，

旅舍里的澜沧江景观房

并表示主动承担罚款。邓总大度地一挥手，算了，没事，下次别再犯就行，罚款嘛更不用你们交了。在三亚时，我犯了一个超级没头脑的错误，我给店里网购烤炉，烤炉重达五十多斤，只有走物流，而这个订单我居然勾错收件地址，选中广西防城港，粗心大意至此，我自己都难以原谅自己。烤炉的物流问题，兜兜转转一两个月都没有送到，最后还是蚁哥出面找广西朋友收件再转运到三亚。对于这个大乌龙，我真是愧疚难当，跟蚁哥说运费一定要从我工资里扣，但是蚁哥也只是宽容地笑笑作罢。

所以每次选择根据地，我基本都会认准青年旅舍，我觉得，多数青旅老板，本身就是一个良心品牌，值得信任。谢谢你们的收留，我年少鲁莽，犯错误不断，跌跌撞撞地学习常识，吃一堑长一智，谢谢你们的宽容与扶持。

苏州篇
SuZhou

虽然我的考研大计搁浅了，但是我知道了所有的桂花都长四个瓣、老醋香菜花生米是绝配、紫藤花下易犯春困、丝瓜菜汤好下饭等等这些无用的经验。"春有百花秋有月，夏有凉风冬有雪，若无闲事挂心头，便是人间好时节"，这些也是很好的。

和尚一边说，一边给我看他存在电脑里的照片，一张一张，点击鼠标下翻。若干张后，囧事来了——翻到一张他洗冷水澡时的裸照……我若无其事地假装没看到，他迅速翻到下一张，松了口气，嗫嗫嚅嚅道："罪过，罪过，罪过……"

那是一幅很美的意象：地上落满了凌霄花的花瓣，一只雪白的猫悄无声息地走过墙下，毫不惧怕陌生人和镜头，弓起背再抻个腰，径自在花道间卧下，闭目养神。为了不打扰它的清梦，我拍了两张就走了。

那会儿住了一个长客，北方来的，第一晚就被苏州蚊子叮了一口，脚肿得穿不进鞋子，出不了门，只好每天窝在旅舍里敷药养蚊伤，每有不知情的人问起他脚怎么了，他如实回答：蚊子咬的。别人都不信。

我来的时候，人民路上的香樟正在换新叶，道路上落满了香樟叶子。紫藤花开芭蕉绿，梅雨绵长枇杷黄，端午的五芳斋粽子，夏至的毛豆子炒萝卜干，中秋的大闸蟹、糖炒栗子，在苏州，节气时令与江南风物是密不可分的，也正是这些风物，让江南的日常活色生香起来。

我的旅游主张是：匆匆忙忙逛一遍同里、木渎、西塘之类的所谓江南古镇，来体验江南风情，还不如坐在门前巷子和朋友抿两口小酒来得妙，苏州小臭河边的丝瓜架下喝得微醺，这才是江南生活的底色。

下雪的时候，小雅旅舍门口

旅舍简介

苏州小雅青旅藏身在平江路东侧的一条巷子里，大新桥巷21号。它是以江南粉墙黛瓦、山石、流水、镂花窗为特点的传统木结构庭院建筑，曾是清雍正年间文勤公陈世倌在苏州的行馆，后由庞氏先人庞庆麟在清同治年间购得并修缮。"小雅青年旅舍"是庞家宅院的一部分。旅舍门口即是典型的江南古镇小河，春有紫藤夏有芭蕉，背临耦园，巷口即是著名的平江路。步行十几分钟可到达拙政园、狮子林和苏州博物馆，旅舍周围都是老苏州人住宅区，拐过仓街便有一个菜市场，时令蔬果有糯米糖藕、糖炒栗子等，市井烟火气浓郁。

花瓶门，别有洞天

　　苏州小雅青旅，估计是全国最小的一间青年旅舍了，九间房，带了三个院子。我去的时候正赶上春天，干将路、临顿路的香樟都在换叶子，小雅院子里的那棵百年老紫藤，开花开得没遮没拦，整个院子里都是蜜蜂的"嗡嗡"声和馥郁的香气。

　　在苏州小雅青旅，我真是应了一句话——偷得浮生半年闲。我这半年时间里，交了几个养老合作伙伴，学会了基础厨事，逛菜市场，游走在仓街皮市街枣市街桃花坞大街，宫巷丁香巷大儒巷南采莲巷，看了一大堆纪录片小说电影和诗歌，睡了很多黑甜懒觉，酿过桂花糖，熬过传家老卤，甚至坐在院里什么都不干，24K级的纯发呆——瓠子花白丝瓜黄，苏州风日好。

小雅生活

小雅青旅是一栋真正的百年老房子，与其他那些打着"江南老宅"的客栈旅舍是不可同日而语的——那些客栈假模假样，就像古运河游船画舫里的琵琶女，化着浓妆穿蓝花布衣裳，故作眼波流转地唱《天涯歌女》。小雅因为老房子不好改造装修的缘故，客房设施也就不尽如人意了。老板海叔似乎也无意把旅舍改建成快捷酒店。但是鉴于主要客源是出了名挑剔的上海人，每每遇到问题，他的公关处理政策就是：退回全额房费，请另找高明，前台有一张星级酒店的会员卡，可以无偿借用。海叔的这个政

苏式木格花窗

小雅前台，我工作的地方

策对我们前台来说，简直是大快人心，那些奇葩住客，后面我会专门写一节的。

　　我发现，再也没有比小雅工作环境更轻松、更自由的青旅了，上一天班休二天。想吃什么菜就去买什么，别过分到天天螃蟹大虾就是了。每天早上睡眼惺忪地起床，来不及的时候，穿着长睡衣就开始去前台上班，多数时间工作状态就是，抱着电脑窝在前台旁的沙发里上网、睡午觉、通过大屏幕看纪录片频道和旅游卫视。墙外小河对面，有堵长长的围墙，遮着一溜梧桐树，夏天的时候，树上的知了叫成一片，老式窗户折射进来的太阳光，混着飞扬的微尘，每天晒得昏昏然，夏日炎炎催得半日眠。

老板海叔一家子，每年过的都是候鸟生活，北京，苏州，海南，随着气候迁徙往来于三地，所以老板常常不来店里，整个旅舍都是小鬼当家，真正的青年旅舍。

我带了一堆考研书来小雅，版纳宁宁也给我寄了一袋子书。在苏州近半年，我把考研大计抛到了九霄云外，《×××考研高频词汇》永远停留在前三页，对于考研，我努力的成果只有一个：abandoned（词汇表的第一个单词）。在苏州，我一件正经事业没干成，倒是学会了生活自理，也见识了江南寻常巷陌的烟火生活：井槽边打水，清晨赶早去吃"头碗面"，梅雨季节雨打芭蕉清梦长，墙角巷尾阿婆们的家长里短，大早上的居民在小河边倒夜壶。邻居们在废弃的浴盆里种小葱，也种茉莉，春吃荠菜，夏剥蚕豆，秋有糖炒栗子、面拖蟹、鸡头米，端午的枇杷、五芳斋的肉粽，还有巷子口加卤的咸味豆腐脑、裹砂糖的蟹壳黄。

虽然我的考研大计搁浅了，但是我知道了所有的桂花都长四个瓣、老醋香菜花生米是绝配、紫藤花下易犯春困、丝瓜菜汤好下饭等等这些无用的经验。"春有百花秋有月，夏有凉风冬有雪，若无闲事挂心头，便是人间好时节"，这些也是很好的。

社会主义人民大公社

之前之所以给青旅的措辞是"乌托邦",原因正如国际青年旅舍倡导的那样:自由,宽容,友好,互助。撇开少部分的奇葩,我的青旅生活就是理想中的乌托邦。在苏州时,我还和娃哥、小苏苏认真讨论过,大家都一副单身到老的挫样,"要不老了之后,去云南开辟一个合作社吧,等到大家白发苍苍,牙齿掉光,谁要是有个小毛病之类的,在一起还可以相互有个照应。"

娃哥虽然被我们叫做哥,但她其实是个体柔肤白貌美的女神级的妹子。

看外貌我从没想到她是个山东人,后来看到她的豪爽大方,才确认果然是山东人,也是她,建立了我对山东人的莫名好感。我真不知道如何夸奖娃哥了——娶妻当娶娃哥也,她不仅有正房的稳重大方,还兼具小妾的伶俐灵泛哟。

是娃哥最先提议,说等大家老了以后搞个养老合作社吧,投票选址,综合意见是:有山有水有大太阳,有网有快递有露天菜市场,就盼着我们社员中谁发上一笔横财,在这种地方买块地,建个小院子,每天就是摘掉义齿坐在院子里打牌晒太阳。要是真建了这个养老合作社,娃哥并不见得能过上安生日子,她天生一副热心肠,就是个爱为大家操心的劳苦命,嘿嘿,倒是我们乐得一身轻松。要是有个娃哥当家的合作社,我们就等着颐养天年了。

在小雅,前台几个都是懒骨头,包括那两只猫咪,全都只会祸害,从不清洁打扫前台大厅,每次都是娃哥看不下去了,腾出时间来收拾一通。除此之外,她还热衷抢单,反正我是蹭吃了好多次,松鹤楼的大餐,扬州的一路小吃。我离开苏州时,娃哥送我一百里,把我送到了上海虹桥机场,还请我一顿鼎泰丰,我我我,泪流满面了,本着"出来混总要还"的江湖道义,娃哥,希望你利息不要算我太高啊。

搭餐须知

其实我们早就在过社会主义大公社生活了，凑份子搭伙吃饭，团购出去吃喝玩乐，吃住在一块，微博上见了个笑话都要一起分享。

小雅青旅很小，没有厨师，吃饭基本靠外卖。有一阵天天靠鸭血粉丝汤、绿杨锅贴、大儒巷的盖浇饭度日，吃得大家快成味精人了。直到勤劳的娃哥费了两天工夫，终于把积重难返的脏污重灾区——厨房收拾干净，锅碗瓢盆、冰箱、消毒柜、炉灶焕然一新，于是大家决定，开始实行久违了的"搭伙吃饭制"！

小新做了一只搭伙吃饭的募捐箱，且告示说明搭伙十五元，尊重忌口，但不得挑食、浪费。厨师重任就落到了娃哥身上，娃哥不是青旅的员工，在苏州学古琴，小雅常驻客人——说是长住客，其实倒成了我们的长工，我们的温饱的解决，她绝对是劳苦功高第一人。除了她，大家都不怎么会做饭，我当时只会一两道菜，蛋炒一切和一切炒蛋，后来在小雅，给娃哥打下手，做跟班小学徒，说起来，娃哥还是我的老师傅。

那会儿搭餐大军很壮大，有常州哥，青岛哥，冷笑话哥，北京律诗大叔，以色列吉他小哥，夏草草……常州哥在苏州上班，周末回常州，他懒得租房，干脆住青旅，每天下班回来经过大儒巷会买上一根甘蔗，一路啃回来，于是我们又叫他甘蔗哥。很神奇的是我跟他早就在大理春夏秋冬青旅见过了，没想到在小雅又碰见。这种事情发生好几例了，有一次我在呼伦贝尔青旅，碰到了苏州的住客，我没认出来，对方倒是一脸惊讶，喊我小月月，说"居然在这种犄角旮旯里还能碰到你，你是青旅流窜犯吧？"

青岛哥扛着相机和三脚架，每天出门扫片，所以每到饭点，我们还得一一打电话通知"饭熟速回"，然后大家饿着肚子等着下班的回来、出门玩的人回来，桌上的饭菜盖着保温盖儿，回来的人带着甘蔗，带着市场里刚出炉的鸡爪或者糯米糖藕，大家哄上去一顿抢食……这种情景就像是在家里开饭一样。

北京律诗大叔，爱好古诗，而且每去一个景点，总能来了兴致出口成章，作下一首好诗，平平仄仄，韵脚整齐，然后再给我们群发短信，奇文共欣赏。大叔爱酒爱肉，矿泉水瓶里灌着白酒，每次回来都要给我们带上陆稿荐的卤牛肉。

娃哥任重道远，赶上人多的时候，下午两三点就得开始准备，幸好有的客官还是挺有眼力见的，力所能及地主动干点活，择菜洗菜等等。我最喜欢娃哥的清蒸鲈鱼，还有老醋香菜拌花生米，我把它们都学了过来。有时客官也会撩起袖子，进厨房做一道家乡菜，其中一个乌鲁木齐大叔，在外旅行很久了，想念一道新疆皮辣红，即凉拌青椒、西红柿、洋葱。生吃青椒？我们见这道菜如此生猛，没敢尝，倒是他自己一人吃得挺欢的。有时外国客官也

等人等饭，厨房里是勤劳的娃哥

会加入进来，比如那个以色列小哥，不吃猪肉和其他来路不正的肉，但他毫不介意我们在他面前吃。

青岛哥住了挺久的，他貌似从事广告业，辞职了在苏州等着搭档一起骑车去拉萨。有他在的日子，他是饭菜扫盘专业户，每次吃到最后，他都要在大家的热切监护下，扫光所有盘子，我们做的饭菜一点都不会浪费。过了很久后，我们还收到了他从拉萨寄来的照片，说在拉萨很怀念苏州，那些吃饱饭的日子。

娃哥有三好，轻音体柔且爱洗碗，在她的教育下，每次吃完饭，大家都从饭桌上撤退作鸟兽散，她一人收拾餐桌厨房，洗刷碗筷。从不要我们任何人插手帮忙，她担心别人洗不干净，我真希望多交几个得这种强迫症的朋友。

搭餐全家福

"三国杀"是我在小雅旅舍学会的，由于娃哥和小新对"三国杀"的狂热，于是每天晚饭后，都能听到前台大厅传来的召唤声："三国杀"，五缺一，速来！有时候凑不齐角色，我们便直接杀到多人间去拉壮丁，拣那些面相好欺负的小哥，问：

"三国杀吗？"

"我不会。"

"不会？没关系，我们包教包会。"

遂强行拉去大厅一起"三国杀"，不由分说。那些年住在小雅被拉过壮丁的"三国杀"的住客们，你们辛苦了。

但是如我这样智商达标堪忧的人来说，基本属于撑场角色，我的乐趣在于现场配音，我模仿刀剑出鞘和掉血的声音特别像，以至于我们在旅舍吵闹追打中，只要是一打中，我就配上"三国杀"里的掉血象声词——嗤…乐得不行。但是离开小雅后，能心领神会、懂得这声"嗤~"的人没有了，只有我一个人莫名其妙地笑。

奇葩"吐槽"录

别因为我前面说的人民大公社的一片大好和谐社会，就以为青旅真是乌托邦了，其实，很多青旅前台心里都揣着一个小本本，记下那些让人大伤元气的奇葩住客们。有时心里已经是千万头草泥马奔腾而过了，还是得忍着，把咆哮咽下去。所以说，服务行业是个劳心伤肺的行业，青旅也不例外。

最常见的就是一些花钱买上帝感受的住客，他们觉得，花了钱，顾客就成了真正的上帝，言语傲慢，不拿正眼瞧人的，丝毫没有尊重的意识概念。这样的人，我会忍一遍忍两遍，但第三遍我绝不会给好脸色。

还有一类就是因我个人原因而讨厌了，我对娇嗲女生（以及娘炮）零容忍度，不管她是天生嗲声嗲气，还是矫揉造作，当场我就会难以忍受。有次三四个低龄妹子来住店，晚上大家齐聚在前厅，准备玩"三国杀"，一声召唤，有个软妹子迅速响应了，我们开心地组好局，发完牌，半晌，轮到她出牌时，妹子抬头扫视了一圈，语速超慢地说"人家不会三国杀啦。"我们没法，败兴陪她玩了两局，结果她说不好玩，不玩了，要回宿舍。我们收拾好心情，重新组局，继续玩，玩得正高兴，她又来了，穿着吊带睡衣一边打电话一边走过来，我们坐小板凳上围成一圈玩牌，挡住了进前台的路，她握着电话在大家面前站定了，示意大家让路给她进去，我就想不明白了，里面是前台和前台沙发，你进去干啥？她站定，见没人有给她让路的意思，于是她就撩起裙子，跨过我们重重膝盖，走到沙发边，正好站在一盏电灯光亮下方，这时她电话拨通了，听内容是打给她爸爸的：

"她们几个都没钱了，都花着我的钱，呜呜呜……"妹子说哭就哭，不用半点准备。

"这里的条件好差，有蚊子，墙上还有蚊子血，我好怕，呜呜呜……"

在昏黄灯光和大家愕然的目光下，妹子很入戏，对着电话哭得更起劲了，大家面面相觑——这演的是哪一出呀？所幸大家都很淡定，怔了会儿，继续玩我们的"三国杀"。第二天退房时我才发现，房费不是她一人交的，骗她老爸呢。

在三亚时，有个穿粉红色衬衫的沙发客，他来三亚玩，随身带着电子秤，说以防吃海鲜缺斤少两。大粗脖子上戴一根细银链子，好吧这有可能被划到人身攻击里，那就不"吐槽"了。他每天一边对着镜子抹着SK2，一边背后损人：那个小张啊，口口声声说要去西藏，他那副样子怎么会去得了西藏（是小张把他领来蹭沙发的，算起来小张是他的半个沙发主）？这事后来被小张知道了，气得够呛。

在呼伦贝尔时，店里来了好几个哆哆女，有一个还特别没有眼力劲儿。跟我说好了要早起看日出，五点给她开门，我准时起床开了前门，迟迟不见人下楼，下午见了，连句对不起都没有。更来气的是，我的电脑放在大厅，屏幕边贴了一张"私人电脑"的标签，她不问主人，大刺刺地直接翻看别人电脑，完了还很欠扁地跑来问我，能不能拷走我电脑里的一些歌？我没好气地直接甩脸子给她看："不行！和你没缘分！"

还有特别挑剔的，比如要测量从她的床位到公共洗手间距离的，"我要一个离洗手间距离最短的房间的床位。"

"有两处公共洗手间，算起来距离都差不多。"

"不可能嘛，到底哪一间近？"

"……一样的。"

"你这什么态度吗，像是服务行业的态度吗？！我在台湾"驴友"界人气很高的，小心我在我的Facebook上曝光你们。"

平江路上的指示牌

　　还有的住客在电话里不依不饶，说找不到路，一定要前台去巷子口接人。前台就一个人值班，怎么可能腾空去接你？再说了，一个汉字都不会说的外国人，从未有人要求迎接的。找不到路就打电话责问前台。我真想不通了，贵人出门前不做点准备的吗？就算没有事先查一查地图，那能不能高抬贵口向旁边的路人问问？到了店里，怒气冲冲就撒泼开来了，找了半天路，服务员在哪里，凭什么不去接我，必须出来给我道歉！

　　这种人真的不要出来自助游了，您还是找个团屁颠颠地跟着跑吧。

　　除了这些，还有耍赖的、蓄意用假钱的、喝醉酒闹事的、求艳遇的、住着床位却要求开高价发票回头报销的……在青旅里混，我觉得很有必要在显眼处贴一张告示——"极品出没，请小心"。

　　我痛定思痛，决定离开苏州后，再也不要去城市里的青旅干活了（城市青旅里极品出没的概率还是很高的——这是我个人的泣血经验啊，给那些想去体验青旅工作的同学们），一年半载地来个极品，还能当做消遣调剂一下生活，但是三天两头地来，我，我消化不了啊！每天焦虑、烦躁，对住客完全失去了正常的耐心，见谁谁烦（好玩的人除外），路人甲乙丙角色的住客，我不想和他们多说哪怕一个字，甚至我自己都烦自己。最后把罪状都归结到前台这个工作上，头痛医头，脚痛医脚——我智商低，逻辑能力差，想到的解决办法是，我应该要换个职业了。

窗外

有趣很重要

记 几个好玩的住客。

第一个就是张家港大叔了。

大叔好为人师，喜欢买上啤酒小菜坐在活动厅上网喝酒，还常常忍不住给我们上上课，顺便吹一吹他的个人历史……真正的舌灿莲花啊，演讲渲染能力一流，可是说多了就有点招人烦，除了我，店里的其他人貌似都不怎么待见他。

我和他说话最多，其实大叔挺有意思的。一个中年怪蜀黍，住多人间，每天吃泡面烧烤喝啤酒，没有婚姻，事业无成。从大众价值观看来，大叔绝对是一个失败的人。这让我想起在大理时遇到的另一个中年大叔汪勇（见大理篇），每日在大理摆地摊卖唱片，有时还给小饭馆刷碗洗碟挣伙食费。而且每天干活只干那么多，不多挣也不偷工减料，挣到口粮就行。他说："要把每天的时间腾出来，把自己留给大理的风和日光。"有一句话评论他特别好——"在别人的偏见里活出自在，这是大自由。"

张家港大叔没有那么洒脱，他还想发财呢，跟我说他的发财大计，要把

午后

家乡的绝顶美食河豚做成真空包装，联合他的宣传，打造品牌。话说大叔的twitter粉丝有十万之巨呢，都是高质量潜在客户群，只要产品一打入市场肯定财源滚滚来。大叔，真不好意思，泄露了您的商业机密，希望你在我这本书出版之前，已经发上大财了。

大叔还有一个秘密，我觉得泄露出来更能显出他的有趣可爱风流倜傥。他那段时间在苦苦地饱受相思之恋，有位佳人，在水一方，求之不得，辗转反侧，据说是一位小他十多岁的萝莉，相貌学识俱佳，但是她家里人不同意。大叔有时在大厅上网，想问题想着想着，就苦着张脸，咂一口啤酒，自念台词："啊，洛丽塔，我生命之光，我欲念之火！我的罪恶，我的灵魂！"

高中小哥，1992年的，高中休学，按说开始休学那天还是他奔赴考场的大日子呢，他却自己主动放弃高考，放弃大学，南下骑行江浙，苏州这一站完了去上海待着。我问他你跑上海晃荡什么，他说："搞研究。"我问搞什么大研究，你还小鬼一个。他答："社会历史学。"第一次和他打交道，是因为他要借用我电脑上网，我问什么事，他笑而不语。

后来我过去扫了一眼，发现那小子居然在用我电脑上QQ，给好友发上半身裸照，我一道锐利的眼光杀过去，他终于交代了。原来他找了一家做假证的"淘宝"商家，准备搞个假士官证，有了士官证，几乎所有景点就都不用交门票钱了。刚刚那张照片是发给"淘宝"商家的，上半身不穿衣服是方便商家处理，把军装给配上去……

过了两三天，他没精打采地回来了，顺便给我汇报了一下那天下午的惨状：拿着刚收到的假证就屁颠屁颠去了拙政园，查票的保安一眼就看出来这是个假证，花钱费力办个证，结果一点便宜都没捞着，偷鸡不成蚀把米，好好一个下午都在检票口的办公室里面壁思过去了。

旅舍的手工小画儿

　　店里终于来巴基斯坦人了，还是个会一点儿中文在武汉留学的小哥，这次是带着妈妈和表妹来苏州玩。

　　他很擅长与人打成一片，来的第二天就主动提出给我们做饭吃，做他们巴基斯坦本地菜。他们晚上七八点钟回来，菜市场已经关门了，我们都说算了，他说不行，你们中国人有句话——说到就要做到。于是他骑车去了人民路的超市，采购了材料回来。

　　做的是手抓饭，咖喱粉加洋葱、胡萝卜、土豆等等一锅熬，他笨拙地切菜，把材料分盘装好，装得像个厨房老手似的，不过他自己也承认，在家从没下过厨，只是看着家人做过。"也是你们中国人说的，没吃过猪肉，还没见过猪跑吗？"熬了一个多钟头才开饭，已到午夜时间了，揭锅一看，怎么都像是咖喱饭，手抓咖喱饭而已。

旅舍秋意浓

　　他在旅舍的最后一天，还跟着我们去唱卡拉OK，大半夜的，所有员工还有三四个住客一起出动，把所有自行车都搬了出来，悄悄把大门锁好，不让其他住客发现。在清凉的夏夜里，巷子里没有一人，我们浩浩荡荡七八辆单车，蹬去观前街唱通宵。巴基斯坦小哥清唱了一首乡谣，语言不通却情感动人。我发现《yellow》真是一首全球通杀曲目，大伙都会唱，这首摇滚曲齐唱起来，气氛只能用嗨爆了这么贫弱的词来形容了。

　　在YHA论坛上，我听说过和尚尼姑住青旅的，没想到我也赶上了一回。

　　一个来自西安的僧人，四十多岁，北京服装学院毕业，自建了一个佛经诵听的网站，并为自己云游四方这件大课，筹到不少善款作盘缠。来小雅时，他穿着一身僧衣飘飘然而来，后来租借我们的山地车准备骑车出去逛逛，脚一跨出大门，他忽而意识到什么，自言自语地说：还是换身便衣吧。于是换下僧侣衲衣，穿上白T恤。

　　等他晚上回来时，不仅手里多了一只零食袋，身后还跟随而来一位女施主（姿色庸常的女施主，后来证明我恶意度人了）。随后他从房间里拿来电脑，坐在大厅沙发边，一边上网一边聊天还一边吃着冰激凌，客气地问我要不要来一个，我没敢要。于是他一口气吃了三个冰激凌，没有夸张，毕竟佛祖在上啊，我哪敢打诳语！

　　我坐在沙发这头拘谨得很，目不斜视，正襟危坐，生怕打扰了上师的日常功课，虽然这日常功课只是在QQ视频聊天、吃冰淇淋。他倒是很随和，和我主动聊了开来，聊起他的云游。他去过不少地方，中国的大部分地区，印度、尼泊尔、泰国、缅甸、柬埔寨这些佛教大国当然也都去过，经费都来自众居士的善款。他还给我看正在通过QQ视频聊天的新收的弟子，视频里的年轻人和我差不多年纪，笑眯眯地和我打招呼。聊到QQ这一茬，他顺便加了我为好友。我装作很淡定的样子，其实好奇得很，背着他，迅速点开他的个人资料看，人家还是QQ会员呢！还有QQ秀呢！QQ秀也是个和尚，甚至还有点像，定睛一看，一个穿着361°大红色运动套装的帅气光头和尚！

　　聊起他去年冬天在终南山，为时三个月的闭关修行，那时冰雪封路，望眼不见人烟，穴居、吃冻馒头、收集野果子、洗冷水澡，每天14个小时的诵课，半夜睡醒来，还会听到冬眠里惺忪的野兽发出的呜呜声。和尚一边说，一边给我看他存在电脑里的照片，一张一张，点击鼠标下翻。若干张后，囧事来了——翻到一张他洗冷水澡时的裸照……我若无其事地假装没看到，他迅速翻到下一张，松了口气，嗫嗫嚅嚅道："罪过，罪过，罪过……"我竭力憋住笑，故作淡定地转移话题了。这个故事后来被我搬来讲笑话，讲到台词"罪过，罪过"这个梗时，肯定全场爆笑，屡试不爽。讲完后我心里又有点于心不忍——拿和尚开玩笑，就是对佛不敬，大罪过！可是这个真的很好笑，娱乐大家也算功德一件啊，哎，师父大师兄沙师弟你们不要抛弃我。

好同志菜菜已经休学去北京了，为基情奔走天涯；KO说要回扬州开小吃店；小新去了新西兰打工旅行；夏草草离开待了六年的IBM公司，在小雅等来了淘宝买的便携式泡脚桶后，去了青海新疆，又去了东南亚。在这个大大世界里，愿每一个人都玩得真心活得开心。

苏州风物记

开始我选择苏州作为江南站的根据地，是经过了深思熟虑的。苏州，才是江南代表，那些江南古镇，游客多得擦肩接踵，一个偌大的镇子居然圈起来要门票，里面的居民也像被圈起来的动物一样，被游客猎奇打探。而杭州，我是四五月份去的，非常

巷子口一边闲话一边剥鸡头米

美，碧莹莹的山林湖水一色，但是却不着烟火气，哪像苏州，苏州大街小巷还看得见人们坐在井槽边剥鸡头米，人民路上有阿婆卖茉莉花串的香钏儿，所以至今我还是一口咬定，苏州才是最适合体验江南生活的长待之地。

苏州是一个值得流连很久的城市，可以花上一个星期，一个月，几个月，甚至几年的时间守望这座城市，时间久了，你会发现属于苏州市井的生活，没有景点，没有假山，没有亭廊，没有繁复的礼仪，那几百年的小巷，那在小巷生活了一辈子的老人们，守着他们的历史守着老风湿的腿，颤颤巍巍地行走在这黑白的天地里，透着满足和安逸。巷子里遇到的大爷阿婆们，起大早穿着睡衣去面馆吃头碗面，趿着拖鞋去哑巴生煎排队买生煎。

苏州古城区巷子分布如河网，平江路是必去景点之一，也没什么好说的。值得一提的是，春天的平江路两岸，梧桐花照亮平江河，紫色的喇叭形

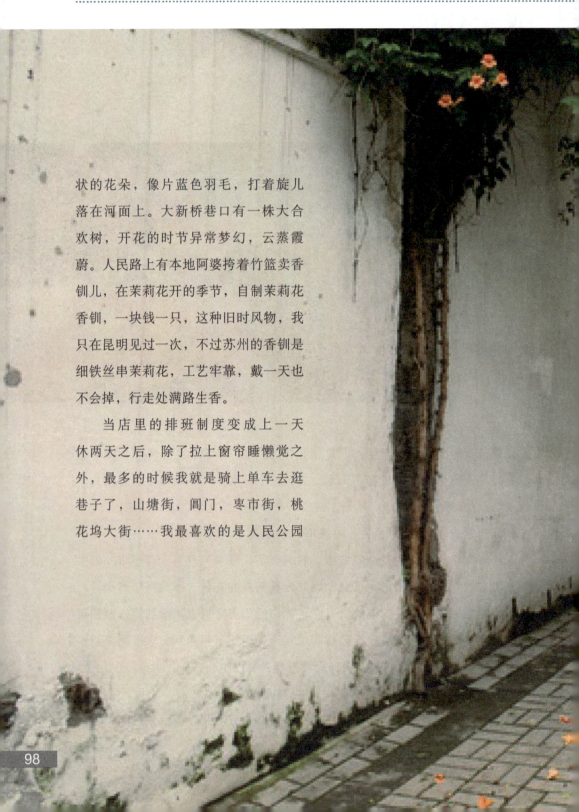

状的花朵，像片蓝色羽毛，打着旋儿落在河面上。大新桥巷口有一株大合欢树，开花的时节异常梦幻，云蒸霞蔚。人民路上有本地阿婆挎着竹篮卖香钏儿，在茉莉花开的季节，自制茉莉花香钏，一块钱一只，这种旧时风物，我只在昆明见过一次，不过苏州的香钏是细铁丝串茉莉花，工艺牢靠，戴一天也不会掉，行走处满路生香。

当店里的排班制度变成上一天休两天之后，除了拉上窗帘睡懒觉之外，最多的时候我就是骑上单车去逛巷子了，山塘街，阊门，枣市街，桃花坞大街……我最喜欢的是人民公园

沧浪亭里的木香花

门口那条路，有好几条著名的巷子，也没有游客，一不小心就看到了网师园、双塔、沧浪亭。我在苏州待了半年，它的园林，除了沧浪亭，我一个也没去过，沧浪亭是偶遇，在意外欣喜鼓动下进去的，印象最深的是进门后那一架子的木香花，开得昌盛活泼，从花棚通道下走过，感觉人都带了一身香气。

"时方七月，绿树阴浓，水面风来，蝉鸣聒耳。邻老又为制鱼竿，与芸垂钓于柳荫深处。日落时登土山观晚霞夕照，随意联吟，有'兽云吞落日，弓月弹流星'之句。少焉月印池中，虫声四起，设竹榻于篱下，老妪报酒温饭熟，遂就月光对酌，微醺而饭。浴罢则凉鞋蕉扇，或坐或卧，听邻老谈因果报应事。"

这是沈复携芸娘在沧浪亭的借居生活，"他年当与君卜筑于此，买绕屋菜园十亩，课仆妪，植瓜蔬，以供薪水。君画我绣，以为持酒之需。布衣菜饭，可乐终身，不必作远游计也。"芸娘的这一番理想展望，其实也是现在很多人的理想生活。

我曾在一个不知名的巷子，发现一个无人住的小宅子，可以看出前人打理得非常用心，门口两丛苍翠的细竹，白漆木栅栏围着，黑瓦白墙小绿门，很可惜没人住了，要是我有一处这样的房子，那该多好啊。桃花坞大街周边的好多旧房子正在改造，虽然苏州市政府为保护老城，明令禁止平江区盖高楼，但是仍然有好多旧房子正在悄无声息地改头换面，其实换个角度想，住在老房子里条件是不尽如人意，居住空间逼仄，上厕所还要去街道里的公用卫生间。

夏季住在拥挤的老平房里，非常闷热，大伙基本都在外吃晚饭，小桌子凳子搬出来，饭菜搬出来，就着路灯坐在巷道里吃饭，男人打着赤膊喝酒，女人在门口唤孩子回家吃饭，但在巷子口玩耍的孩子像只大耳朵狗一样充耳

枣市街河边人家

不闻，直到他姆妈过来揪耳朵。

在一条巷子里，我路见一群剥鸡头米的大婶们，坐在井槽边，一边剥一边讨论鸡头米怎么做才最好吃。鸡头米学名叫做"芡实"，用来炖骨头，或者熬粥做羹汤都行。

上午的巷子寂寂无人，最适合去别人家门口摆的花花草草间，偷点种子什么的。有一次在一墙开着正盛的凌霄花下，我遇见了一只雪白的猫，她从转角踱行出来，把我吓了一跳，那是一幅很美的意象：地上落满了凌霄花的花瓣，一只雪白的猫悄无声息地走过墙下，烟视媚行，毫不惧怕陌生人和镜头，弓起背再抻个腰，径自在花道间卧下，闭目养神。为了不打扰它的清梦，我拍了两张就走了。

一饭一蔬的光辉

自从厨房被娃哥收拾出来后，我就爱上了捣鼓各色吃食，每天勤抄菜谱，练习切土豆丝，一个夏天下来，我成了一个切土豆丝和藕丝的专业户，觉得自己有点潜质，甚至萌发了去新东方烹饪学校进修一下的想法，虽然新东方没去成，但我却决定了下一站要去三亚学西餐。

自己发绿豆芽，结果长出来的都是些小短腿的胖子，完全不像菜市场里的娟秀苗条的豆芽菜，只好自我安慰是没加任何添加剂，完全绿色产品。韩式南瓜粥，盛在西瓜盒里，天然好解暑。剩下的南瓜没处用，搜下厨房，做个南瓜糯米糍，和面、和馅，没有经验，蒸出来全粘在蒸笼屉子上了。第二次有了教训，就在院子里摘了竹叶，洗干净铺在蒸笼里，蒸出来还有一股竹

厨事一，双皮奶与自制酸奶、自发豆芽

二货说这是馒头味的饼干！

叶清香。还有烤飞饼蛋挞、各种意面、腌水萝卜、蛋黄饼干、手打蛋糕，我常常花费大把的时间，捶土豆泥、和面，没有电动打蛋器，就手动打发蛋白（做蛋糕的蛋白得打发成泡才行）打得我手都快脱白了，然而蛋糕做出来的效果还是不好，做得像发糕。最可恨的是，有一次我做紫薯饼，黄油却用完了，没有油，饼干不酥脆，做出来口感全无，像潮了的过期饼干，亏了我辛辛苦苦把每个饼干都捏成猫咪形状。那会儿旅舍住了一个长客，北方来的，第一晚就被苏州蚊子叮了一口，脚肿得穿不进鞋子，出不了门，只好每天窝在旅舍里敷药养蚊伤，每有不知情的人问起他脚怎么了，他如实回答：蚊子咬的。别人都不信。每天看着他苦着一张脸，由此我们称他为胡二货，二货憨憨的好欺负嘛。但是，连他都说我的饼干尝起来像馒头！猫咪形状有美有丑，我准备把好看的留下来，丑的当场吃掉，但是那个胡二货偏要捡漂亮的吃，一边不停地吃，一边给差评——"凭啥不让吃好看的，这货不都是馒头味嘛！"气得我怒火中烧，当天玩"三国杀"的时候，管他二货是什么身份，一上场就把他"杀"了，泄愤！

我最受好评的手艺当是娃哥最爱吃的双皮奶，还有大家公认的卤鸡翅了。我们曾一度商议"勤劳致富"，去平江路上摆摊卖自制酸奶和卤鸡爪，位置就选在××家门口，煞煞他家的威风——大门口挂一个"苏州最好喝的奶茶"招牌，他家这个大话夸得一点都不脸红！

苏帮菜我学了几道，狮子头，面拖蟹，还有小吃，糯米桂花糖藕，赤豆小园子。中秋桂花开的时候，娃哥不在，我就一个人去了古城东南边的桂花公园，尾随老爷爷老奶奶们的脚步，摸进公园僻静处，彼此心照不宣地偷桂

厨事二，卤鸡翅与荷叶糯米鸡

花——不要骂我没有素质呀，我觉得把这些桂花变成一罐桂花糖，对它们也是另一种尊重。我曾经仔细地观察过一朵桂花，那是在西双版纳的小区里，一株生长在角落里的桂树，兀自花开花落，一地密密麻麻的花朵，桂花长得小小细细的模样，四个瓣，瓣膜质厚，像一朵娇憨的笑。在网上搜好桂花糖的制作方法：桂花洗净，挤榨去汁，一层蜂蜜压一层桂花，存罐密封。平常做甜汤或者糕点，紫薯南瓜、芋芳汤、赤豆元宵，舀一勺桂花糖放进去，满口花香沁人。

可惜我走之前，都没尝到我自己酿的桂花糖。我走了之后最放心不下的，是我冻在冰箱最下层的那盒老卤汁，已经熬成肉冻状的老卤汁，不知道她们有没有充分利用起来。她们似乎不相信老卤汁是越用越妙，越陈越香的。我给小雅青旅留了一份传家之宝，却从没宣扬过我的丰功伟绩，而是深藏功与名，多么地大爱无私！

偷来桂花酿桂花糖

江南物语

世界上真正值得歌唱的
有
花朵、河床和季节

世界上真正值得歌唱的
有
私奔
太平洋的风
一段旅程出发前的黎明
初生的鹿
放大看一棵植物

世界上真正值得歌唱的
有
原野和露珠
南方的雨季
不醒的四月

世界上真正值得歌唱的
有
民谣
清凉的皮肤
哄哄的菜市场

世界上真正值得歌唱的

有

绿皮火车

隧道

恋人腼腆的小虎牙

从屋脊到屋檐一路淌下来的雨脚线

压着墨绿色的玻璃

世界上真正值得歌唱的

有

骑车时扬起的发梢和

突发奇想

热带季风性气候

有温度又无害的灵感

世界上真正值得歌唱的

有

胶卷底片

手工匠人

火柴划燃时的硝烟气味

纸张、绢和木头的质感

院内的紫藤花

假山与枇杷，小雅的后院

世界上真正值得歌唱的

有

——"你好"

——"你好"

——"再见"

——"再见"

四月初到苏州，十月初离开苏州去三亚，整整半年。我来的时候，人民路上的香樟正在换新叶，道路上落满了香樟叶子。紫藤花开芭蕉绿，梅雨绵长枇杷黄，端午的五芳斋粽子，夏至的毛豆子炒萝卜干，中秋的大闸蟹、糖炒栗子，在苏州，节气时令与江南风物是密不可分的，也正是这些风物，让江南的日常活色生香起来。

小雅青旅的那棵紫藤可是个宝贝，和这个宅子一样，好几百年的历史了。没人照料过它，虬枝盘曲攀附在高墙上，也只有碍着电线的时候，才会有电力工人，架起梯子，拿来大剪刀"咔咔"剪掉疯长的藤蔓。院子里，紫藤似乎是春天最早的信使，它开花开得如此热烈，梦幻般的紫色，馥郁的香气，引来蜜蜂整日的"嗡嗡"声，前台正对着就是侧房前院的那一架紫藤，这花香和嗡嗡声，容易让人犯春困。

前院洗手间门口种了一丛芭蕉，长在黑瓦白墙下，新叶舒展，极美。尤其是到了梅雨季节的雨夜，芭蕉已经郁郁葱葱了，叶长而阔，用来练毛笔字不错，脉络清晰，静静的春末夏初的夜晚，雨打芭蕉，房间里一灯如豆，这是唐诗宋词里才有的清韵。娃哥有时会在这种夜晚练古琴，可惜我不懂琴，还去煞风景，央她弹《酒狂》。后来这丛芭蕉以"莫须有"的罪名，被海叔给砍了，连根拔起。没了芭蕉的前院，顿时显出破败相来。

江南的梅雨，盘桓时间很长很长，有"吊死鬼"的那根绳索那么长。滴滴答答，滴滴答答，没有几个晴日，墙根长霉生苔，被子永远都是潮乎乎的。最最印象深刻的，当是跟着梅雨来的，一种叫蛞蝓的东西，软体动物，长相类似于没有壳的大号蜗牛，但蛞蝓是群居的，一群群地蠕动在眼前，厨房里的洗碗槽沿、紫藤花下猫笼子边的水盆边，防不胜防地被它们恶心到。有时我也忍不住好奇心，恶趣味地往它们身上撒把盐，果然，过几分钟后，它们就化为一摊水了，又是一阵恶心上泛，然后过两天再继续验证这个恶趣味。

　　夏天的雨，倒是爽快得多，轰隆隆一阵就下完了，最喜欢看从屋檐上流下来的雨脚线，雨水在屋顶上顺着瓦槽，分流而下，整齐绵密。隔着淙淙雨帘，庭院里的那座小假山，还有依附着假山而生的枇杷树，在一小方天井里，顿觉心在山水间，天地无限远。

　　端午快到的时候，院子里的那棵枇杷树引人瞩目，不止是人，还有觊觎果子已久的鸟雀们。这棵枇杷不知道是谁种的，反正"今已亭亭如盖矣"。海叔一马当先，带来先进工具加长绞枝竿，绞下果子密集的枇杷枝，摘下两大竹篮带回家。剩下的都是我们的了，人民大公社成员之一的夏草草同学是个爬树老手，她负责上树摘果，我们在下头咽着口水等她下树。夏草草像个山大王一样，骑在枝头，给我们炫耀她伸手就够到了个鲜艳的大枇杷，树下的喽啰们馋得挠头抓耳，山大王看得高兴了，就会扔一两枝枇杷下来。

　　端午兴吃五芳斋的粽子，我们吃了好吃，"不如自己包一顿！"KO以前跟着家里人包过，这事就她来了，糯米红豆大枣提前泡好，肉切块，市场里端午当天有粽叶、蛋黄等材料，买现成的就行。除了KO，都不会包粽子，在大伙一顿瞎忙活下，"糯米炖粽叶"出锅了。其实结果没那么糟，散了一两个而已，其余的只是包得比较难看，七捆八捆，裹木乃伊一样的，小的只有鸡蛋大，大的堪比橙子。味道忘记了，图一乐而已。

　　院子另一个角落生了一地的薄荷，长得郁郁葱葱，然而这又招来了杀生之祸。大家都怀疑店里蚊子多是藏在那一丛丛茂盛的薄荷丛里。于是一个夏日午后，店里的李姐借来镰刀，三下两下地割掉了薄荷，那是足有四五个平方面积的薄荷地啊，割完之后的那个下午，一整个院子都散发着薄荷的清凉味，真是炎炎夏日里一个美妙的下午。

　　买菜是个好玩的活计，特别是在物产丰富、新鲜玩意多的菜市场。在

雨打芭蕉

菜市场里，对老苏州人的饮食习惯会有更深刻的认识，什么节令该吃什么食物，对食物的食不厌精脍不厌细的态度。苏州菜肴尚清淡，注重材料的新鲜，注重食材原味。春笋荠菜上市的时候、蚕豆豌豆苗上市的时候、藕节板栗鸡头米阳澄湖大闸蟹上市的时候，菜市场里这种时鲜菜摊最受欢迎了，老苏州人也爱凑这份尝时鲜的热闹，彼时晚饭时分，走在小巷里，每一家厨房窗口，都飘着同一种时鲜菜的香味。

以至于我以后的旅途里，穿街过巷赶上饭点时，偶闻到家常菜的味道，脑海里第一个想起的就是苏州，想起在小雅里大家热热闹闹地围着方桌吃饭时的情形。

夏日郊游赏荷会

团购刚兴起的时候，是真能团到实惠的，我们占足了团购的光，二十元钱坐船夜游古运河，荷花节去赏荷，娃哥每天上网扫一眼团购信息，发现了好东西给我们定下来——娃哥是个好娃哥。

娃哥团购了四张荷塘月色公园的门票，我，娃哥，小苏苏，还有刑太医（义工，因"三国杀"他总是选华佗，于是人称刑太医），我们四个挑了个时间准备去

苏州荷塘月色公园一角

郊游。

郊游赏荷是假，找借口大吃一顿是真。去之前，娃哥和我，好一通准备，我卤了一大盆的卤货，还有泡椒凤爪。娃哥拉单子大采购，临行前还要切好水果装进保鲜盒。小苏苏和刑太医两个书童模样，背了两大包食物，转车去郊区。

但那天天气好得过头了，烈日当空照，哪里有心情看荷花。找了块阴凉地，直奔郊游正题：野餐。野餐垫上满满一堆吃食，不理会路人们的侧目，我们饕餮一顿，然后在蝉鸣唧唧中睡个午觉。风在摇荷花的细茎，草在结它的种子，空气中满是大雨将至前的那种闷热，果不其然，乌云呼啦一下占领了天空，雨点砸下来，幸好收拾得快，一气儿跑到荷塘茶楼里去躲雨。

三傻大闹宝莱坞

雨中的荷塘才是最美的，风雨齐来，荷塘的花叶手舞足蹈，雨停后，千亩荷塘看得人耳目一新。廊桥上，我们捡到好多遭人丢弃的荷叶，捡起来倒扣在头上，娃哥拿出拍立得给我们拍了两张。我和小苏苏、刑太医倚在栏杆上，背后是千亩荷塘，我们戴着荷叶帽，三个宝莱坞傻货的感觉，镜头后的娃哥，也是傻乐傻乐的。每次回头看照片，看到这里都要笑出声来。

回到旅舍的第二日，我把捡回来的荷叶，放到屋外晒干了，厨房里备了鸡肉、蚕豆和糯米，加上调料混合好，用干荷叶包起来，绳线系紧，蒸了一屉荷叶糯米鸡，大伙分而食之。用小学生写作文的话来结尾就是：啊，这次郊游过得真开心啊！

喝酒记

我的旅游主张是：匆匆忙忙逛一遍同里、木渎、西塘之类的所谓江南古镇，来体验江南风情，还不如坐在门前巷子和朋友抿两口小酒来得妙，苏州小臭河边的丝瓜架下喝得微醺，这才是江南生活的底色。

街头巷尾的小店一景

和晓晓骑单车去灵岩山和木渎古镇，失望而归，木渎中心街就像是个三流人像写真基地，什么含香公主、乾隆下江南的各种COSPLAY，拉着游客换装拍照留念，"五块钱一张，来一张吧，你看当年乾隆下江南，来到木渎后都流连忘返……"幸好后来骑到了太湖边，不然真对不住我们花一天时间，骑着辆28凤凰老单车几十公里去木渎。回去路上，我万般后悔地跟晓晓讲，再也不干这种事了，还不如好好炒盘酸辣藕丁，我们俩在门口喝酒！

晓晓是个富二代。我一向不喜欢贴标签，但是她这个标签不贴，就不足说明她二。在自家的公司里上班，每天在办公室里无所事事，跷着二郎腿锯指甲（晓晓的原话），待腻了就想到了应聘去青旅上班，开着奔驰smart来青旅打工散心，晓晓这是多么富有二的精神头啊！要是我，我就把smart变卖了，换一辆东风牌厢式敞篷车，改装成房车，剩下的十来万元钱足够跑遍想去的地方了。

　　只有郁闷的时候才想喝酒，晓晓郁闷的是家里逼婚，而我是无中生有，为赋新词强说愁，哦，为了喝酒强说愁。

　　我爱喝酒，晓晓更甚，她时不时就呼唤我去厨房炒下酒菜，当然不是花生米，花生米是大叔级酒鬼的专供。我和晓晓喜欢来一盘清炒藕片，或者

酸辣土豆丝，每有酒局，我负责炒菜、摆桌，她负责接电源（给小音箱供电）、洗碗刷锅。谁叫她不会做菜的。难得有次她教了我一道菜，还是打电话问的她外婆，苏州老式菜面拖蟹，即螃蟹斩件，挂上面糊，加青毛豆，出锅后面糊有蟹黄味，味道很棒。我们的露天巷子酒局，档次还是很高的：必须得有小板凳小桌，小音箱，两盘小菜，经典的君度兑二锅头。

苏州的河太多，我住了半年都不知道小雅青旅门口的那条小臭河叫什么名字。大新桥巷依河而建，靠河处腾出两巴掌宽的方砖石路来，勉强能过一辆小车，河边还被邻居大妈种了一棚丝瓜，还有用旧脸盆、浴盆装上河泥种上的小葱青椒。那一架丝瓜在小臭河河水的浇灌下，长势喜人，成为一个傍晚纳凉的好去处。

音箱摆好，酒满上，杯子里扔两坨冰块，我们的小酒局就开始了。晓晓要听《把悲伤留给自己》，我要听《乌兰巴托的夜》，结果就是这两首反复循环播放。苏州老城巷子里露天吃饭的不少，但像我们这样矫情的开着音乐喝小酒的，估计不多。我们有一搭没一搭地说话，一旁不时有摩托车"滴滴"鸣喇叭，示意小心让道。摩托车从身边擦过去后，保准还有一个莫名其妙的回头。邻居大妈也常常附过来，检阅我们的伙食，以及给我们播报一下这条巷子里近几日的家长里短。大妈不知道，其实白天我在屋里隔着墙，早就听完这群大妈坐门口的聊天记录了。

有一次，来了个法国老爹加入我们的酒局，起因是我们抓起君度酒瓶拉着他问，这是你们法国的酒是不是啊？他耸耸肩膀表示从不知道。然后莫名其妙我们就拉着他一起喝酒了。我登记的时候，看见老爹的签证是从磨憨入境的（磨憨口岸，云南省最南端，中国通向老挝的一个口岸），我好奇老爹的旅行经历，一把岁数了到处晃荡，穿得一身破败，也毫不在意。老爹是个爱笑又实在的老爹，他喝了两杯就聊开了，他早年离异，膝下无子，存了一笔小钱，穷游几乎走遍了欧亚，如今还在靠救济金生活（我没太听清楚那个单词，话说法国人的英语真的不好懂）。得知我也在西双版纳生活过一段时间后，他抬起手，举到我们眼前，给我们展示他手上戴着的那副银手镯，黯淡的旧银镯子。他得意地跟我说，这是他在西双版纳寨子里的集市上，遇到

苏州小河

一个老婆婆，他见了这镯子很喜欢，但语言不通，给钱老婆婆也不肯收，只是指着他手上戴的手表，最后老爹用手表换来了这副镯子。

很奇怪，苏州的夜晚，上半夜的夜幕不是黑色的，而是苍黄的夜色，没有星辰。热气和蝉鸣一齐歇了下去，巷子里的路灯亮起来，吃完盘里最后几块藕丁，我俩意兴阑珊地撤了局。

小雅门口那架丝瓜每年都还在吧，晓晓啊，丝瓜明年绿，王孙归不归？

三亚篇

SanYa

　　他搭车逃票住沙发，三个月全国大部分游下来，据说花销仅三千。戏剧性的是，一次学滑板时，不小心把胳膊摔断了，上医院花去两万多不说，瞒着家人去间隔年的大谎也不攻自破。

　　有客人钻进厨房，准备长篇大论说要求，我停下手里切辣椒的活，一手举着刀，一手抓着一把红尖椒，怔怔地看着他，他环顾厨房，案台上冻鸡冻肉若干，只有我一个小姑娘，忙得昏天暗地，便自觉地闭嘴并默默退出厨房，顺手带上了门。办完那两桌后，我自己在日历上画了个圈——这简直是我成长史上的又一个里程碑。

　　晒得晕晕乎乎了再下楼去，大家都午睡中，没人知道我翘班，除了对面山上的那朵傻厚傻厚的云，除了屋后齐楼高的那几棵椰子树——椰子树很警醒，从不打盹，一不小心打个盹儿就要掉个椰子。

　　每个冬日的拂晓时分，后海湾的日出都正正好从海岬的缺口处浮上来，光亮仅照在一小方沙滩上，天幕低垂，黑夜未褪，为等太阳跳出海面那一刻屏住了呼吸，温柔的潮水窸窸窣窣漫上脚背，又难为情般退下去，我站在那一小方光亮中，为这天地间的大美无言而感动。

纳绿娜全景

旅舍简介

　　一缕阳光客栈，远离三亚闹市，位于蜈支洲岛码头附近的后海村内。除了有整个后海湾装修最好的客房外，还附带了一个专业的潜水站，一号老板蚁哥，是个资深户外玩家，客栈能提供浮潜、深潜、充气艇、帆板等户外项目。院内自带游泳池，迈出庭院就是沙滩，对面是三亚的冲浪胜地——后海湾（又叫皇后湾），半月形的海湾，水质清亮，沙滩平缓，游客不多。冬季海浪涌入海岬口，风高浪急，是三亚最好的冲浪胜地。

　　纳绿娜冲浪俱乐部，最早是由几个爱好冲浪的外国人成立的，随着国内冲浪行业的壮大，这片三亚犄角旮旯里的海湾开始有名气了。纳绿娜俱乐部非常西化，文化上开放宽容，每月大小party不断。俱乐部的各个股东，也都是爱好冲浪的水上嬉皮，从股东到员工，个个性格棱角分明。

早晨在沙滩跑步时捡的贝壳海螺

三亚不是只有天价海鲜，撇开暴发户、富二代、美女明星这些豪奢字眼，在小渔村里也有人字拖们的一席之地。在后海村皇后湾这里，没有排场和星级，只有全年无休的阳光沙滩海浪，来这里的外乡人，都是一群热爱大海的疯子，每天做的就是：晒黑，打赤脚，拥抱大海！

在我对厨房事业兴趣盎然的时候，看到了三亚纳绿娜冲浪俱乐部的厨房招聘信息，一看正中我意。苏州虽然千般好，但就是一点不好，和大多数南部内陆省份一样，夏季闷热，冬季阴冷，气候太差。所以，在三亚过一个海滩暖冬，能学到东西又有得玩，再好不过了。

在三亚后海村的五个月里，我先进纳绿娜冲浪俱乐部，又跳槽到一缕阳光客栈，熟悉了飘着海腥味的渔村，还有永不止息的浪潮声。游泳、浮潜、深潜、冲浪试了个遍，晒得肤色黝黑和本地人无异。

我的后海记忆中永难忘记的有：沙滩日出；海岸线上的白色灯塔；一群性格张扬的嬉皮们；苦逼的厨子生涯；渔村街头的烧烤摊；午夜长长的码头。当然，最重要的是，亚龙湾三亚湾鹿回头都比不上的大美后海湾——清晨的后海湾，日暮的后海湾，晴空下的后海湾，新雨后的后海湾，游客稀少的后海湾，浪打进院子的后海湾。献给我忧郁的热带，献给我深深的海洋。

海滩嬉皮

骑马去冲浪的蒙古族汉子

有个内蒙古的汉子爱好冲浪，但是内蒙古只有沙海和草海，没有白浪逐沙滩。于是他骑着匹马一路向南，逢山爬山，遇水涉水，走到琼州海峡，没法过海，他便只有把那匹瘦马卖了，换了一张火车票，来到三亚郊区的纳绿娜冲浪俱乐部。这个蒙古族汉子叫铁桩，坐不改姓行不改名，据说在万宁国际冲浪节上获奖时，他递交的名字也是铁桩。

尽管这个故事有点奇幻，但因为叙事版本太统一，而且全俱乐部上下口

铁桩

径一致，所以我真的相信了。

后来我才知道这个故事是假的，不过，真实的情节更奇幻跌宕。铁桩之前是在三亚做牵马与游客留影的生意的，每日在海滩边晃悠，经常看到外国人在海上玩冲浪，那种人与海浪互动的极速与自由的状态，深深地震撼住了铁桩，由此他决心转战冲浪界。也许由于蒙古族天生那种自由奔腾的基因，他驾驭浪头也如在草原上策马驰骋一样得心应手，现在在国内职业冲浪界里，他也是小有名气的。

铁桩总戴着红色的头戴式耳机一个人来来去去。因为出去冲浪，回来总是已经错过饭点了，有时候没留菜，他也不抱怨，就着剩饭剩菜吃了，还乐呵呵地自己收拾好碗筷，洗干净放回原处。

国内最小的冲浪手

在门口海滩练习冲浪的邱灼

邱灼跟着爸爸从四川搬到了三亚，三四岁就开始跟着爸爸学冲浪。邱灼人小鬼大，像他周围的大人们一样，又酷又特立独行。平常懒得搭理人，踩着滑板或者抱着冲浪板一个人玩儿。只有当他要看《蜡笔小新》时才会来讨好哥哥姐姐们，偶尔也能套着他，跟你郑重其事地说梦想，

说他长大了要做中国最优秀的冲浪手。邱灼一直没有接受过所谓的正式教育，他爸给他送进一个外语学校，没有考试，也没有升学压力。按他爸的意思，就算以后在应试教育体制里落后其他同龄人也没关系，大学嘛，不上也罢。

三叔

他是店里值夜班的大爷，晚上十点上班，把全院子巡完一遍就来吧台这里坐坐。三叔算个置家人，祖籍广东，子女长大后都回广东了，他和老伴守在海南，可是那阵子他刚刚失去了相依相伴几十年的老伴。

三叔说的一口海南普通话，而且晚上风大浪大，海浪声音干扰，他聊的十句中我大概能听懂一半，很可惜没能记全他的故事。三叔年轻时跑海路，当过水手也当过船长，张开双臂给我比划他捕到的大鲨鱼有多大，说纳绿娜吧台边的那块大沉香木就是他捞上来的（他管海里捞上来的木头都叫沉香木），还做过玳瑁采买倒卖，可惜事业不顺，起起落落，最终去了乐东种芒果。三叔教我怎么看芒果，哪种芒果才最香最好吃，可是我一个品种名字都没听清楚。他每聊完一茬，话题最后还是要落到他去世的老伴那儿，对白都是同一句："跟我吃苦大半辈子的老婆，从没享过福，走也走得凄凉"——他似乎忘记这句话他已经说过好几遍了。

一起去满世界晃荡的恋人

Giminna和Iggy认识、恋爱近十年，两人都是奔四十的人了，一直也没有结婚。渔村里的同龄妇女看Giminna眼光很复杂，她们想不通为什么一把年纪了不但不结婚，还一直满世界晃荡，但同时也羡慕着Giminna练瑜伽练就的一副好身材。Giminna是美籍华人，在新加坡长大，Iggy是捷克人，以前拥有自己的酒吧和餐厅，除了本职调酒和下厨外，他还是个极限运动全能哥，滑雪，滑翔，冲浪。后海湾这一片沙滩对冲浪来说，条件得天独厚，沙滩平缓，从海滩这头直径延缓几十米都淹不到人，冬天浪头挺大，而且没有暗涌大礁石。气候温暖，游客稀少，他们留在这里已经两年多了。

悲催的坤哥

坤哥是个自恋狂，他逃票（火车票、景点门票），连高铁动车的票也不放过。经验总结就是：无他，胆大心细脸皮厚是也。他搭车逃票住沙发，三个月全国大部分游下来，据说花销仅三千。戏剧性的是，一次学滑板时，他不小心把胳膊摔断了，上医院花去两万多不说，瞒着家人去间隔年的大谎也不攻自破。

美国义工劳拉

劳拉在老挝一个公益组织里做过几个月的真正义工，间隔年中，在三亚这里，虽然店里外国人很多，同龄人也很多，就是没有人和她走得近。

她是个素食主义者，但是却没有素食者的宽容，她很挑食。一般员工餐每顿至少会有一道素菜，但她似乎老是抱怨没有她喜欢的菜。做事又轴，干活时从不帮别人一把，总是坚持自己的方式是正确的，说话有个不好的习

黄昏的后海湾

惯，常常随口说出"中国人老是怎么怎么样"这种带地域歧视色彩的句子。大家都不怎么喜欢她，她似乎也不在意。

她轴到什么程度呢？有次客餐点了个意面和烤鱼柳，意面很快出锅了，出餐是吧台的事务，她进来看了一眼做好的意面，就不端出去，非要等到烤箱里的鱼柳烤好了，她才出餐，争辩时她又搬出她的美国规矩来，按她的说法，在国外，菜都是一次性上齐的！我们犟上了，她爱端不端。到后来，客人在老板面前参了一状，说餐厅的意面是个什么玩意儿，又冷又坨。结果老板进厨房把我们说了一顿，在厨房外的她其实听得懂部分中文，明明主要原因在她，但却装的跟没事人一样。

有一次大家坐在吧台，各自上网的上网，发呆的发呆，突然她号啕两声大哭了起来，我们在场的几个人都愣住了，她站起来，眼泪汪汪的，对着我们张开双臂，抽抽搭搭地说："Honey, I'm so lonely……"我们面面相觑，都惊愕地不知所措，有谁先过去抱了她一下，然后大家轮番前去给她一个拥抱。

然而，几天之后，她还是继续干轴事，继续吧啦吧啦"Chinese always……"

吉卜赛式的纳绿娜妹子

纳绿娜的妹子都大气，从来不矫情不事儿妈。敢闯敢当，什么"晒黑了怎么办"、"太像个爷们儿"、"别人怎么看我"等等这些，都不算事儿。学游泳学冲浪，别说晒黑，肩膀晒脱皮都很常见。吧台冰箱上货，啤酒一箱一箱地搬，厨房换煤气，也是妹子们自己扛着煤气罐上上下下，没有哪个扶着墙扮柔弱喊"乌吧啊"。

渔村又小又偏僻，甚至连快递都不到。理发都是自己来，连Giminna都有一套理发工具，长发还好，像KD那样的短发，干脆几个月不理，任它乱蓬蓬一窝顶在头上。因为买衣服不方便，洗衣服也麻烦，大家常常出现衣荒，到最后把春秋衣服的长袖长裤揪出来，咔嚓咔嚓两刀，剪短了，变成毛边短牛仔裤、无袖衬衫、无袖T恤，懒到极致的，再没有了，就把泳装穿上，所以，在纳绿娜，穿着泳装上班也是不奇怪的。

纳绿娜这一批妹子都是女酒鬼，以Giminna为首。逢着酒吧去市里进酒的机会，就自己掏钱一瓶一瓶地买回来，龙舌兰，金酒，苦艾酒，遇到没客人的夜晚，大家就聚在吧台，拿出酒来，互相混成各种鸡尾酒，喝着喝着就手舞足蹈起来。

纳绿娜的party开得很勤快，一有party的周末，三亚市里的嬉皮士们都拥到渔村来了。我刚去的时候很拘谨，融入圈子比较慢，也不爱热闹。我喝酒只能两三人，像在苏州小雅青旅时在臭河边和晓晓那样的对饮，一进入陌生的热闹人群里，我就瓜怂了。不过我喜欢看她们喝酒，喝点酒在人群里穿梭，如鱼得水般跳热舞，还借着酒疯说胡话、真心话，这就更好玩了。我常干的是窝在角落里，喝着雪碧和邱灼一起看《蜡笔小新》。后来虾米戳穿了我——有次她去我新房间找我吐槽，她这种直来直去不吐不快的性格，常常

吉卜赛好妹子

和人发生误会，又懒得解释，每次到最后都是她的错，千夫所指，委屈没地儿说。她来我这没说几句，眼泪就滚下来了，后来一眼看见我床头居然放着一瓶伏特加，乐得破涕为笑，她笑我装模作样喝雪碧兑百利甜，其实背地里是个真正的女酒鬼，藏得很深啊。

"虾米"是个非典型上海妹子，她辞掉了已从事好几年的辅导员职业，来到渔村里做厨房苦工，从一个白领美女晒成了海南土著，学冲浪常摔跟头，膝盖和腿上都是大大小小的血痂，也毫不在乎，我见过的笑得最多的是她，哭得最多的也是她。

KD这个纯爷们，装得了酷卖得了萌，外表嬉皮，内心孩子气。她是纳绿娜厨房部的元老，和我一般大，但是比我就认真负责得多，就算厨房接待七八十人的团队也从不失误，虽然整天没个正经样子，一旦有任务，她会事无巨细考虑周全。

詹妮弗是个能量满满的山东妹子，没有打招呼就直接来到俱乐部申请工作机会。她身上有股能量，也是我一直想在自己身上开发出来的，但用词语一时形容不上那股精气神。后来大家都离开三亚后，詹妮弗去了梅里雨崩做义工，有次发了一条心情——"再野蛮一点儿"，我霎时恍然大悟——那股精气神就是野蛮劲儿。

有次她和别人打赌，赌注是剃个光头。结果她赢了，事后她说其实很想输，因为，剪个光头多带劲啊！

我和她背向大海坐在吧台上聊过好几次。关于梦想，她说她一定要去西班牙学舞蹈，学弗拉门戈。我推荐她看《皮娜》，那时还没上映，我们一起看了《皮娜》的预告片，看完后，她兴致大发，给我跳了一段学校里学的爵士舞。她个子娇小，细胳膊细腿大眼睛，有个光洁饱满的大额头，轻盈又有力量，跳舞的样子让人想起电影《低俗小说》里马沙的妻子，谈起西班牙和舞蹈时，她眼睛里的那种亮光我到现在还记得。

她借丢了我一本《英儿》，山水迢迢，不知道她现在在哪里，希望以后还能再遇到她，到时定要她赔我一本。

詹妮弗和劳拉

地狱厨房

> 提煤气罐，两把刀斩鸡，风箱锅炉炒菜（我觉得这事比记者做新闻直播还紧张），菜单一多的时候，急得火燎眉毛。各种刀伤烫伤，食指切菜都切出茧来了。记者、前台、厨师……在我干过的职业里，最难扛最开心最得意的还是厨师，以后遇到我请喊我——肖师傅。"
>
> ——2011/10/26，我的微博

自助餐准备中

在离开家之前，我会的菜只有一道X炒蛋，后来在苏州开始对下厨兴趣盎然，但也仅限于小打小闹，常常看着菜谱上"盐少许"，想半天"少许"究竟是多少，捏着盐勺的手悬在锅上斟酌半天。我顶多勉强应付三四个人的饭菜，到了三亚，第二天便让我弄二十多号人的伙食。我一脸茫然看着师姐，问，炒什么菜啊？

纳绿娜

酷酷的虾米扔下一句——"its up to you！"

虾米告诉我电力风箱锅炉怎么用，炒菜调料和备用品、肉类、蔬菜在哪，大概多少人的分量，凡事只教一遍，之后不管会或不会都是你自己的问题，自己的问题自己解决，its up to you！

电力风箱锅炉是在液化气炉灶的基础上，加了一个电力鼓风机，火力有多猛呢？够十来人的一道大锅菜，从下锅到出锅只消几分钟的时间。这期间自己恨不得变身为千手千眼观音，可我还是只有两只手，一只手调锅炉火力、抓盐、按顺序倒食材同时防溅油，另一只手要不停地大力翻炒，如果停一个拍子，菜就糊锅了。半个月不到，我们几个厨房小伙夫的手掌都结了一层茧，我还曾光荣地翻弯过一把钢制锅铲——做大锅自助餐的蛋炒饭时翻弯的。

处理鸡鸭鱼的时候更生猛，因为厨房定制的台面不适合我们，台面太高了，握刀根本使不出力。所以每次遇到剁鸡、剁鸭，我们就只有把砧板搬到地上来，蹲着剁，因为没有经验技巧，只好使蛮力，往往剁得肉沫四溅，自

一个人的厨房，准备蒜茸芝士烤蘑菇的配料

己一脸的血肉模糊。

　　像这种非流水线的小厨房，菜单一多的时候，三头六臂都忙不过来。常常这种时候还插播各种状况：煤气没了，像个大老爷们一样，吭哧吭哧自己搬；翻箱倒柜找材料，一头扎进冰柜里腾挪翻转，只为找一根小葱或者半个柠檬；脑袋还没从冰柜里伸出来，吧台下单，西兰花牛柳，但是西兰花没有了！吧台不耐烦："为什么没有？！"

　　"喂，关我们厨房屁事，采购今天没买回来，我有什么办法？"

　　过一会儿，吧台又进来："客人让上菜快点，他说他时间很紧。"

　　"催也没用，才等了十来分钟而已。"

　　厨房里就进来客人催菜，耐着性子回答完，等他一走，我质问前面吧台：

　　"为什么把客人放进来了，这里是厨房，不是他的公厕！"

　　碰上几十人的团队，最苦的不是备餐，而是餐后的洗碗。西餐用的都是笨重的瓷盘，数量巨多，每次面对三个大水槽的脏盘子，我们的心情就无比沉重，上班就像上坟这句话一点都没错。我的脏话功底就是在那时候打下来的——不吐槽无以泄愤啊（关于厨房的脏话文化，可参见美剧《地狱厨房》）。洗啊洗，洗得不见天日的时候，只有使出杀手锏——对山歌，我和KD一人一句，你来我往：

——在山的那边~

——海的那边~

——有一群草泥马~

——它们做饭又洗碗~

——它们悲催又苦逼

……

地狱厨房，开心的事情也是有的。比如等干完活，厨房清净后，吧台外他们在放音乐唱歌，我一个人在厨房里备酱料，一边化黄油，一边剁蒜茸，黄油融化的香气弥漫了周围，当眼看着做蘑菇用的馅料，装得满满一罐时，心里的成就感是无法言说的。试新菜也是，每次KD跟去采购的话，总会带些新货回来。有次带了一袋秋刀鱼，我们把鱼收拾完后，决定烤着吃、煎着吃、炸着吃、腌制一类、天然无加工一类，把秋刀鱼的吃法试个遍，通过打分试出色香味俱全秋刀鱼。Giminna时不时也会钻进厨房来，教我们东南亚菜，Iggy则教我们做捷克炖牛肉和墨西哥芸豆饭。

有一次，一个住店客人，来三亚前特意买了小型渔网，带领着几个本地小孩，在门口的海湾里又捞又钓，收获了几条小的石斑鱼，提着小桶把鱼交付给我们。等晚上做完单子后，炖了一罐奶白奶白的鲜鱼汤。大家分而食之，喝着啤酒听住客给我们讲他的非洲之旅。

肖师傅跳槽记

我们几个厨子，不知道在厨房里咆哮过多少遍——"老子不干了!"一直忍着，忍了快两个月，我终于洗手跳槽了。其实苦和累并不是我跳槽的主要原因。那时厨房刚起步，体制不完善，休假制度也不到位，翻到当时的一篇吐槽日记：

祝您早日再次招到——肯千里迢迢飞来的，低工资的，无酬劳自觉加班的，择菜配菜做菜还包洗碗打扫，还要会点日常英语的厨子。

今天晚上，2份宫保豆腐，2份蒜茸辣酱虾，2份意面，2份青豆烤鱼柳，香菇芝士馅，秘制酱炒牛肉，晚上做了14道菜，解冻，择菜，洗菜，切菜，腌，烤，炒，煮，还包洗碗打扫倒垃圾……厨师就是把女生当牲畜使的事业。

每天还有各种琐碎小事，搞得我无比烦躁，来三亚的目的是什么，我早已忘了。来一两个月了，才下过几次海啊，别说冲浪了，连冲浪板都没摸过。

罪状表：

1.在这里我把一辈子的碗都洗完了，感觉以后都不会再爱了。

2.起得比鸡早，干得比驴累。那批七十人学生团光临的当天，早上六点半到晚上十点，马不停蹄地忙活。厨房里的忙碌是没经历过的人根本想不到的，自己是个急性子，火燎眉毛抹把油，每天都是疾风骤雨般节奏的累，我又不是金刚，扛不住。清理冰箱、整理肉蔬，换煤气，蹲在地上斩鸡剁鸭，满脸满背都是血雨腥风，手上刀伤、烫伤俱全。

3.有段时间的深夜，我们厨房部的几个人不睡觉，在天台上席地而坐，抽烟吐槽发牢骚。有一次"虾米"开了个话头，说之前从没有为工作哭过的她有一次躲在配料储存室里大哭了一顿。然后，我承认道："其实我，我也在那个小黑屋里偷偷哭过。"KD也自曝上次切菜切到半个大拇指，血流如注。上厕所时晕头转向站都站不起来，委屈得哭了半个小时。

我来这里是为了什么，是为了每天隐忍、抱怨、喋喋不休吗？是为了陷入鸡零狗碎的琐碎小事吗？要不是因为这一帮朋友，换谁都早走了。

4.别否认劳动有贵贱，哪怕是在这些所谓的理想主义者圈子里。厨房永远处在下一等。他们都觉得厨房里每天做的这些都是理所当然的，没有一点悲悯之心，从来没有换位思考过。以前我在大理时，看见比我小两岁的本地姑娘背着很多换洗被单时，立马心生惭愧——凭什么脏活累活都要落在她的身上？我和KD是整个俱乐部里最小的娃，一批九零后解决他们一批七零后八零后的温饱，外加客人出餐。累得跟狗一样，却被人信口一句打发了"厨房每天不就是煮顿饭嘛！"

厨房里并不是只我一人扛不住，该转岗位的转了，撒手不管的也撒了，虾米转去了财务，KD心生倦意。再这样苦逼下去，我怕自己哪天恶从胆边生，会一把火烧了厨房。为了防止悲剧的发生，肖师傅跳槽了。

登山界里厨艺最好的，厨师界里登山最高的

我 跳槽就跳了十米远，跳到了纳绿娜隔壁的隔壁一缕阳光潜水客栈。

老板之一蚁哥，兼营着海口的紫荆花墅青旅，常常海口三亚两头跑，来去风风火火。他平时总绷着脸，也不爱说话，后来打交道多了才发现，蚁哥

做登山教练时的蚁哥，登顶半脊峰

其实是个很好玩的中年人——好玩的中年人可不多。

除了青旅老板的身份，他还做了十几年的登山教练。有时心情好了，会端杯红酒来到吧台听歌，顺便给我们几个年轻人说说他的登山事业，说藏区的星空是多么的明亮，说在雪峰安营扎寨生活无聊透顶，几个人每天闲着没事干，就比谁数的流星多。

每次他从海口回来，准会捎来好吃的，比如湖北空运来的莲藕啊，遵义来的蘸水和虫蛹啊，重庆玺院青旅寄来的一脸盆的牛油火锅底料啊……

店里厨师杨叔走后，我就扛起了厨房重任，不但要负责员工餐，还要出客餐。孔子说"吾未见好德如好色者也"，车前子说"吾未见好德如好吃者也"，我觉得，厨房里见吃货的德艺分晓也——如果在厨房，一个人能放下故乡和他乡、自己与他人的口味偏见，不对掌勺人挥斥方遒指点江山，这才是德艺双馨的高人呢。不管我做菜多么剑走偏锋，蚁哥从不插手也不多嘴，尽管放手让我捣鼓，做得好时也不吝啬夸奖——小肖你中午做的回锅肉不错啊。

有时他兴致来了也会下厨露两手，锡纸烤扇贝豆芽、酱牛肉、卤溏心鸡蛋……还特别得意地自夸："你们蚁哥绝对是登山界里厨艺最好的，厨师界里登山最高的。"如今蚁哥真在三亚南边海路开了一家私房菜馆，就叫驴友餐厅，他说了，要是我再去海南，吃喝都找他。我曾立志要去清迈学厨师，等东南亚菜系学成归来，一定要回海南和他切磋一下厨艺，顺便蹭吃蹭喝。

全能选手

跳槽过来后，第一份工作是吧台，杨叔杨姨走了之后我兼客房兼厨师，忽忽又走了，我再兼前台。常常有这种情况，我在厨房正炒着菜，前台电话响了，于是停掉炉火去接电话，匆匆挂掉电话后，再进厨房继续开火，锅还没热，就有住客在外头喊"前台呢，前台在哪里？！"我仰头对苍天，欲哭无泪，心底两头草泥马咆哮而过。只好再次停掉火，顶着一个油腻的脑袋，双手在围裙上擦一擦，见到住客再挤出一个露八颗牙的微笑，"我就是前台，有什么事情吗？电视不会调台还是没有拖鞋？"

在吧台有音乐有海滩的闲适生活

幸而每份工作都兼得不久就来新人前来替代了，不然我的墓碑上一定写着"殉职"。

吧台的日子是最惬意的，早上起来打开电脑，连上音箱，放自己喜欢的音乐，在歌声里打扫一遍吧台，擦桌椅刷酒杯，给捡来的海藻换水，心情好的时候，再从院子花坛里剪一枝天堂鹤回来，插在酒杯里装饰吧台。这些琐事都弄完了之后，剩下的时间基本都是自己的了，看电影看书听歌发呆随我的便。院子朝向大海，距离很近，近到什么程度呢，有一次涨潮涨得厉害，海水涌进了院子，泳池旁边种的两大棵紫薇树就这样活活被海水给觫（hōu）死了。

有一次店里住进了一个德国哥，我在吧台放着昆汀的影视原声，德国哥激动地"呜哇呜哇"跑了过来，说要唱首歌给我，我洗耳恭听啊。他整整衣领，居然吹起了《杀死比尔》里独眼女郎的那段口哨，我英语不好，他英语也只是凑合，一边蹦单词，一边比划猜电影名称，最后他问我知不知道一首歌，在中国很有名的，歌名是《mouse love rice》，他的rice发音不准，我始终没搞明白它的中文名，于是他只好哼了出来——这不是《老鼠爱大米》么？！我还没回过神来，他继续自顾自一脸怅惘地说，他2006年来过一次中国，这首歌承载了他许多美好的回忆。摊手。

吧台视野极佳，沙滩海浪、马蹄形的后海湾和青山都一览无余。二月底海水开始慢慢平静，在有大太阳的天气，海水颜色分层，从近到远依次是透明色、浅绿色、蓝绿色、蓝紫色、蓝墨色，上班的时候我也不会错过这样的好天气，中午兜上店里的通讯手机，泡个速溶咖啡，拿上电子书跑去顶层，一个人躲在露台廊荫下，腿搭栏杆眯一会儿醒一会儿，看一会儿海看一会儿书。晒得晕晕乎乎了再下楼去，大家都午睡中，没人知道我翘班，除了对面

为客餐做准备

山上的那朵傻厚傻厚的云，除了屋后齐楼高的那几棵椰子树——椰子树很警醒，从不打盹，一不小心打个盹儿就要掉个椰子。

太阳炙烤着地面和海面，云朵默默地收集着水蒸气，到了夜晚，雨水才会落下来。每个清晨的海滩是最美的，海水微凉，空气清冽，潮水的声音都比平时更纯粹悠扬一些，经过一夜潮水的洗刷，沙滩空无足迹，赤脚踩在柔软的沙滩上跑上一圈，花一个小时就能慢跑个来回。

厨房杨叔还在的时候，上午没客人的话，我还会跟着他的车去镇子里的菜市场买菜。林旺镇菜市场里还有摆摊卖菜的，有村里的老婆婆带着自家地里的地瓜叶、熟透了的黄木瓜、百香果，甚至还有带刺的仙人掌果实，一个小筐里装了七八种果蔬，价格又便宜，三元钱两个大黄木瓜，两元钱一袋仙人掌。买回去后，榨汁机一榨，真正有机水果鲜榨汁，再加点冰块，分杯端给大家解暑喝。

接任厨师后，工作就繁重多了。有一次来团，两桌客人，一桌十道菜，备菜备得我眼花缭乱，有客人钻进厨房，准备长篇大论提要求，我停下手里切辣椒的活，一手举着刀，一手抓着一把红尖椒，怔怔地看着他，他环顾厨房，案台上冻鸡冻肉若干，只有我一个小姑娘，忙得昏天暗地，便自觉地闭嘴并默默退出厨房，顺手带上了门。办完那两桌后，我自己在日历上画了个圈——这简直是我成长史上的又一个里程碑。

收拾八爪鱼

辛苦之外，也有有趣的时候，春节假期里有个上海的客人在这一住就是七八天，一个人每天哪儿也不去，什么也不干，就睡在游泳池躺椅上，发呆睡觉，饭点的时候就找我点菜，文昌鸡红烧、白切，瓦罐炖汤，湖南小炒肉，蚝油生菜……不重样地尝遍了菜单上的每一道菜。最后他走的时候，专程来和我打招呼告别，连夸我"小姑娘的家常菜做得真不错"，还塞给我一笔小费。

还有一次，来了个四川光头大叔，还没住下就问这里的海鲜有什么值得推荐的。我们这里不做海鲜就推荐他去了鱼排吃饭。第二天他一大早出去了，说是去码头逛逛，回来时提了一扇鳐，奇形怪状血肉模糊的，找到我，要我煮了它。我从来就没见过鳐，更别提怎么做，再说了，对着这个大怪物我也下不了手。他摘下眼镜，乐呵呵地说，没事，我帮忙把它给收拾了，你负责煮就行。赶鸭子上架，我弄了一半煮汤，一半红烧。光头叔和我们一起四五个人围着两大盆鱼喝酒吹牛，各自说起最怪异的吃食见闻。他讲起四川的娃娃鱼，说在他小的时候，每到春夏涨水的季节，河滩边总能捡着娃娃鱼，大的十多斤，杀鱼的时候还能听到"嘤嘤"的类似小孩夜哭的声音，肉质鲜滑味美，那时候饥荒每天吃不饱肚子，哪里有心思怜悯动物，不过现在娃娃鱼已经是二级保护动物了。还有川滇的各种虫蛹，烧烤油炸，味道也很好。

"我吃过最恶心的虫子，长得跟蛔虫没两样，是海边的沙虫。可以做汤和白煮，做汤把虫子切段，和各种名贵药材一起炖，这也算了，一段一段的看不出来，但是白煮，就是把虫子焯一遍，摆在盘子里，沾着生抽吃，一眼看去，就像排排坐的肥蛔虫。"我说得兴起，就想要和大叔比一比恶趣味了，我接着说，有次在中越边境小乡村做采访，中午乡镇干部请吃饭，桌上有一道肉菜，看着像腊肉，我问村主任那是什么，旁边大叔说："是腊板鸭，尽管放心吃吧！"我连吃好几块，最后嚼着嚼着感觉不对劲，有颗大石子似的，吐出来细细一看，居然是颗牙齿！吓得我都要哭了，这时村长连忙解释，"他们骗你的，这不是鸭子，但也别怕啊，这是当地野味，山竹鼠！"

光头叔说要把北京房子卖了，去丽江开个饭馆，我说不如去大理吧，大

仙人掌果实也能吃，后面是我在镇子菜摊上花一块钱买来的木瓜

理比较好，要是在大理的话我可以免费给你看院子。光头叔大笑着点点头，
走之前还郑重地要了我的邮箱地址，说开店了一定给我消息。

潜水乌龙记

跳槽到隔壁之后的日子，除了春节高强度劳动外，其余的时间倒是过得像假日海滩生活一样。

　　客栈有个合作的专业潜水站，站里的潜水教练每天和我们一起吃喝上网打牌，大家关系都处得不错，潜水什么的当然免费。可惜冬天的三亚只适合冲浪，因为浪头高，另一方面海水浑浊，能见度太差，水下没看头。潜水站里就常驻一个实习教练斌哥。斌哥还没拿到潜水教练执照，平时负责看守器材，他和其他教练们一起下过水，但从没独立带过客人。

斌哥某天心血来潮，想见证一下自己的能力，说要带我和小张去深潜，没想到第一次下海潜水就闹了个大乌龙。

斌哥给我俩简单讲解了一下潜水基本手势和器材使用方法后，带上潜水相机，我们仨就兴冲冲地下水了。从海滩游到深水区，起码有一公里，我这个拖油瓶没一点用，全程基本靠斌哥拉着我后背拖过去，累得他够呛。到了海湾中心，我立马没了底气，心里想的都是"我错了，我们上岸回去吧。"

斌哥示意我整理面镜，咬好呼吸器，不由分说就摁下浮力调整器按钮，我们开始慢慢沉下去了，感觉往下沉了很久还是没探到底，我的心一直都悬在嗓子眼上，心里默默地想，按这深度，要是出点小意外，就算及时摁下调整器，等我浮上去，人也死翘翘了（上升速度不能太快，心肺受不了）。我双手紧紧抓住斌哥手臂，丝毫不敢放松。因为天气不好能见度太差，除了几丛死气沉沉的珊瑚，零星的热带鱼，我还看见了一只旧鞋子。这只鞋让我想起一个故事，是资深潜水教练龙哥的亲身经历：有一次在陵水海底常规训练时，他一个人游远了，潜下去还未站定，总觉得背后有异物，回头一细看，吓得他魂飞魄散——是一具蹲着的尸体，似乎被绑了脚。

正当我心虚得直冒冷汗的时候，小张游过来准备照相，下水的时候，相机本来是套在我手上的，沉底之前检查器材时还在，现在不见了，斌哥着急地左右查了个遍，都没有，于是决定先带我离开海底，升上去后再说。斌哥让我仰躺在海面，他们俩再下海底去沿途找找。

我平放着手脚，不敢动弹，仰躺在偌大一个海面中心，离沙滩遥不可及。也不知道海底下他俩的安危，更不敢想背后浑浊的海底躲着多少不明物体。那个下午月亮出来得早，目之所及只有一方天空和那轮模模糊糊的月亮。

我爸给我取的名字是"肖月",圆满之意。这个名字我从出生一直用到15岁,后来改的名。所以月亮对于我,总有一种特殊的意义,它像我的保护神一样,在等他们浮上来的过程中,海浪一波一波推着我的身体摇来摇去。我就一直盯着月亮看,不去想究竟浪潮把我推到哪里去了,慢慢调节呼吸与心跳,放松下来才发觉,由于太紧张的缘故,我上下颚咬呼吸器咬得都快脱臼了。

最后相机还是没有找回来,没办法我们仨只有凑钱买了一部一模一样的,总结教训,用东北人斌哥的原话来说就是:潜水相机壳可真是贼死贵啊!

假日海滩

大宝是我的游泳师父，他在两个小时里把我这只旱鸭子教会了（大宝后来在苏州海底世界找了份工作——海豚驯养师，我不知该说什么好）。因为自始至终我还是没有学会换气，所以我的纪录就是从游泳池这头到那头，憋一口气游8米。虽然我享受不到身心无碍的游泳乐趣，但有一个项目让我自得其乐：穿戴好潜水装备，绑上铅块，深吸一口气沉到泳池角落的深水区，自己感受水压，慢慢练习调节呼吸节奏，最有意思的要属排出耳压。在水底耳道要承受的压力很大，甚至会有耳鸣，调压的方法是用力作揩鼻涕式排压，怒目圆睁，捏紧鼻腔，力要大，气压只有走耳道通道，在静静的水底，能清晰地听到一声"噗"，那时我似乎体会到了武侠小说里的"打通任督二脉"的意思，泳池贴着参差的蓝白马赛克，从水底看去，眼前折射出来的波光粼粼有一种致幻的晕眩。

冬季的后海湾日出是无与伦比的，据说2000年元旦，各大国际媒体拍摄"世纪日出"，纷纷选择后海湾作为拍摄基地。这个海湾圆得非常周正，马蹄形，只留一牙出口，敞向南海。

从十一月到一月的后海湾清晨，几艘渔船泊在宁静的海湾里，整个村庄还未醒来，只有潮蟹在忙忙碌碌一顿瞎忙活。每个冬日的拂晓时分，后海湾的日出都正正好从海岬的缺口处浮上来，光亮仅照在一小方沙滩上，天幕低垂，黑夜未褪，为等太阳跳出海面那一刻屏住了呼吸，温柔的潮水窸窸窣窣漫上脚背，又难为情般退下去，我站在那一小方光亮中，为这天地间的大美无言而感动。

七八点钟的时候，海滩开始有人气了，三叔结束了一天的夜班后，会来到沙滩上捡一遍垃圾，后海湾所有的客栈、俱乐部也都会自发维护这片沙滩的整洁。沙滩上有不少好玩的，海螺，贝壳，珊瑚礁，活海藻，甚至还有古

代沉船里的瓷器——多是碎片，店里有个好吃的胖子游客某天散步，就捡到
过一只元青花瓷盅，兴奋地见人就展示一回他捡到的宝贝——这只盅子的釉
几乎都被海砂磨掉了，有什么看头，还不及我捡的那些碎片呢！

我花一个清晨在后海湾北边的礁石上听海浪，巨大的礁石被海浪拍打得
很圆滑，手脚并用才能到达海岬尽头，爬石头时相机吊在脖子上碍事，只好
解开相机背带绑在腰上，像街上卖甘蔗大婶的腰包，想到这里自个儿笑了半
天。冒着生命危险到了岬头，太阳已经升上来，视野之内即是一望无垠的南

马蹄形的海浪圈圈

这就是所谓的"近得海浪都能拍到院子里来"

海，海浪突破缺口，涌进后海湾，画了一个下弦月般的圆，后浪推前浪，一圈一圈又一圈，永不止息，来自海洋深处的力量真叫人敬畏。对着浪潮，我放下羞涩，嚎了一首胡德夫的《太平洋的风》：

"最早的一件衣裳

最早的一片呼唤

最早的一个故乡

最早的一件往事

后海湾的日出

是太平洋的风徐徐吹来

吹过所有的全部

裸裎赤子

呱呱落地的披风

丝丝若息

油油然的生机

吹过了多少人的脸颊　才吹上了我的

太平洋的风一直在吹

最早世界的感觉

最早感觉的世界

……"

希望南海和太平洋都能喜欢我的这首见面礼。

路过的渔船见到我，提醒我赶紧撤退，不然等会潮水一涨上来，我这片礁石就成了孤岛。我突然想起本地做饭阿姨讲的一件趣事，有一年山里的猴子下山，在礁石那一片捡垃圾吃，潮水涨上来了，困在礁石上，被人类瓮中捉鳖似地抓住，养做宠物了。幸好幸好，不然我就要站在礁石上唱《困兽之斗》了。

渔村生活

渔民生活是忙半年闲半年，后海村已经列入国家黄金海岸的开发项目，再过几年，这种渔村生活估计再也看不到了。后海村很小，从蜈支洲码头到鱼排再到海湾沿线，半个小时不到就能把村子绕一圈。走在路上，跟他们打招呼时，他们也操着一口海南普通话问"大陆妹，吃饭了没有？"还笑眯眯地露出一口红牙——当地人都喜欢嚼鲜槟榔，槟榔汁是鲜红色的，每次嚼完后张开嘴巴如血盆大口。闲时的渔民过得再懒散不过了，每

新雨后很"仙"的后海湾

日除了三顿饭，就是喝茶打牌嚼槟榔了。村里阿姨喜闻乐见的八卦多是"某某把征地的钱全拿去赌博，一毛钱没剩不敢回家，躲去大陆了"等等。因为气候炎热，家家户户都很注意卫生清洁，进门都要脱鞋，于是常见有牌桌的那几家门前，摆着一溜儿颜色大小不一的拖鞋，七八米长，蔚为壮观。

　　我们租住的李姐家则属于勤快的那一拨，闲时李姐就到客栈去做煮饭阿姨，渔汛到的季节辞掉工作，专心出海捕鱼，因为渔业的收益大得多。我对

跟着渔民出海捕鱼向往已久，一有机会就巴着李姐问东问西。

李姐知道我的意图，不就跟船出一次海嘛。但令人担心的是第一次我肯定受不了晕船。去年龙哥跟着一艘大船出海捞鱼，说快晕死在南海里，站在湿答答的船舷边，止不住地头晕目眩，还要使出吃奶的力气拉渔网，整张脸都涨紫了，一边拉网一边吐，吐到无甚可吐，只有干呕，晕得五脏六腑差点呕出来，回来后说什么也不去第二次了。

李姐给我讲捞紫菜，后海湾里大石头那一片，每年五六月紫菜很多，捞回来就能下菜，比大陆吃的干紫菜味道鲜多了；撬鲍鱼，鲍鱼只在专门的礁石区才有，撬鲍鱼是个巧活，不但要特殊工具还要经验足，否则一不小心鲍鱼壳就撬碎了，肉还巴在礁石上；做虾酱，越醇越香，与晒干的鱼米不论蒸炒，都十分下饭；夜晚开大船打着探照灯钓鱿鱼，鱿鱼这种傻呆痴，哪里有灯光，它们就往哪里窜，几分钟就能挂上一条，这是挣钱最快的捕鱼项目了。

鱼排小码头

早起跑步遇上的小孩，送了我一袋仙人掌果实

　　我好不容易花了半年时间，去适应海滩生活中那无处不在的"哗哗哗"浪涛声，但就在临走的前一个月，每个夜晚海湾里都有捕鱼船在整晚作业，马达声震天响，严重影响睡眠，每天大清早被吵醒。无他法，只有跑去码头看大船捕鱼归来。

　　大船从南海回来，天没亮就归港了，停靠在码头边，搭上木板桥，给陆地上的渔业批发商卸货。差不多八点多就清仓了。我带着艳羡的目光看着大渔船上的每一个人，船上的男人们整理渔网、冲洗甲板，女人们做早饭，摆出还剩下的一些小鱼小虾，零售给附近的居民们。直到码头的喧闹歇下来，我才带着画饼充饥的心情往回走，回去路上顺便在码头菜市场买一碗甜腻腻的糖水，边走边吃——我已经等不到李姐的小渔船四五月出海了，这真是小半年三亚之行的一大遗憾——海南人怎么会爱吃这么甜的东西？！

异乡人的百忧解——午夜烧烤摊

穿村而过的水泥路边，有好几家烧烤摊。来这里的大批观光客白天去蜈支洲岛遛个弯，然后直接回三亚市里了，在渔村住下来的客人很少。所以村里烧烤摊的主要客户群也就是我们这些后海湾周边客栈俱乐部的员工和义工了。午夜时的烧烤摊坐满了，都是一口标准普通话的异乡客。烧烤摊都是家庭式经营，门口搭个棚子，马路牙子边摆个烧烤长炉，再齐全点的还有煤气灶，用来炒河粉。和你聊天时会毫不顾忌地问你之前在城市时的职业、年龄、薪水，然后就是固定一句——"这个小渔村有什么好的嘛，哪里比得上大城市？"

我们从没觉得吃亏了，住在小渔村里不但有阳光、沙滩、海浪、仙人掌，还有五元钱一条的烤秋刀鱼，对比一下在苏州日式餐厅里吃一条烤秋刀鱼的价格，仅凭这个差价，我们就吃回了一大笔。三指宽的秋刀鱼，刷上调料酱烤的皮焦肉嫩，和摊主关系混熟了，他还会从自家屋里抓出一把小青柠来，像小个儿的柠檬或者绿色的金橘，摊主给我示意怎么吃：二指捏住小青柠，用力开一个小口，然后把捏出来的汁淋到秋刀鱼上，趁热还会嗞嗞作响。烤秋刀鱼的酥香皮脂，混合着酸爽的柠檬汁，啧啧啧。陪着吃烧烤的朋友换了一拨又一拨：在纳绿娜时的KD、虾米、詹妮弗、佳佳、Jun、Giminna，到后来的忽忽、小张，从苏州到三亚来看我的娃哥和小苏，后来的龙哥、斌哥和房东张哥，和不同的人聊不同的天，但是这道烤秋刀鱼永远是不变的主角。

除了秋刀鱼，能聊以慰藉湖南胃的还有烤茄子和豆腐串，配上海南黄灯笼椒。我和KD一致认同除了烤秋刀鱼和烤鱿鱼干之外，村里的烧烤远不如湖南的。有一次小张来了一车朋友，我们去林旺镇菜市场买了一堆海鲜，回来交给烧烤摊，给点炭火调料钱，那一顿的烤海虾，还有蒜茸烤扇贝，是真正的海鲜之鲜啊。

　　村里除了烧烤摊之外，就没有其他的娱乐活动了。我们最常干的就是提着啤酒去码头吹夜风。印象最深的是除夕夜，我在厨房里忙活完客餐后，被告知大伙们的年夜饭大餐被取消了，要将就一下，跟客人拼一桌吃点饺子就算是年夜饭。我顿时怒了，强忍着火气，默默收拾了厨房，一个人去了码头。我才不愿意和他们一桌吃饭呢，宁愿来一碗方便面我也不愿意吃这顿年夜饭。幸而我在去码头的路上，接到了KD的短信，说晚上下班后去她们那一起吃火锅，这才让我抹干了眼泪，不然的话，我估计要窝着一肚子火在码头上吹冷风——吹完2011年。

　　蜈支洲码头长驱直入南海，全长大概有一公里，码头没有路灯，除了隐隐约约能看到海棠湾那一片五星级酒店闪烁的霓虹灯，整个海滩黑黢黢一片。借着手机灯光摸索到码头大堤的尽头，船舶都系着缆绳停在堤旁，随着波浪摇摇晃晃。海浪拍打着堤坝，溅起水花打在脸上。每个人似乎都有心事，每个人都装着忧愁。何以解忧，唯有杜康，大海不说话，一浪接一浪。

海口篇
HaiKou

每次早晨起来跑步，天未大亮，跑在林间的碎石小道上，遇见坠着果实的木瓜树和菠萝蜜树，遇见尖尖草叶上的露水，遇见荔枝林深处腾起的晨霭，心里不由得升起一股喜悦——理想式的田园生活，真的已经来到了。

对面的百亩荔枝林，正在悄悄地开花挂果，矮墙下长着阿夸妈妈栽下的生菜，角落里还有我种的几株马铃薯（我还给它们写过生长日记），每天看着它们发芽长叶，真是难言的欣喜。

同龄人在间隔年或者打工旅行中，嚷嚷着"追寻自由"、"自我实现"，自始至终看到的，只有自己这个小我，而从没想过作为社会一份子，肩上还扛着一份"大我"的责任。

这份四五天的助理工作，在我看来完全是举手之劳的义务活，他居然很认真地要我收下那笔薪金。我觉得他可能只是找个名目，来帮助我这个冒冒失失去了解世界的年轻人一把。

花梨之家，一曲火山口古村落里的田园牧歌，牌匾是姚明题的

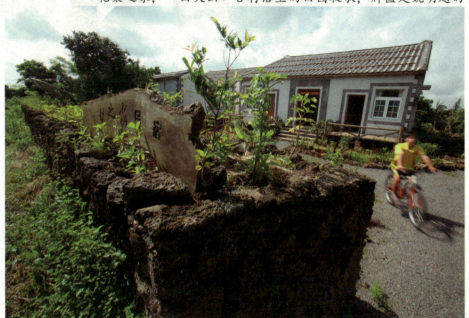

旅舍简介

花梨之家乡村青年旅舍（民宿），坐落在海口市秀英区永兴镇火山古村落博学村中，隐匿于山野之间，主打"半农半X"的山居生活理念。村里有火山石筑建的老式房屋，村头有佛手瓜、蔬菜基地。民宿周围，上千亩的火山荔枝林，黄皮、莲雾、菠萝蜜老树等热带植被四处可见，满目皆绿。

花梨之家的主人陈统奎，原为《南风窗》时政记者，"2009年的中国台湾社区营造考察之行改变了他的志向，使他的新闻理想升华为社会理想，以推动中国大陆社区营造为己任。火山口古村落博学里是陈统奎的故乡，2009年从中国台湾回来，他即带头创建博学生态村，带领乡民一起再造魅力新故乡，变一个传统农村为乡村生态旅游目的地。"

这是我遇见的第一个民宿理念的"青年旅舍"，在台湾，民宿的最大魅力在于民宿主人，花梨之家的爸爸既是园艺师、果农，又是一名木匠，技高

多能。花梨之家的一号主人陈统奎，放弃记者这个光鲜职业，投身于建设生态新农村事业。二号主人陈统夸，勤劳踏实，弹得一手好吉他。客厅里，两排大书架上藏有上千册图书，不少还是台版书。庭院开阔，围墙上甚至常有野松鼠来来去去，是个隔绝喧嚣、享受清净山居生活的好去处。

从微博上得知了海口博学村的流动儿童图书馆，之后我又听说了博学村的花梨之家和陈统奎。以前在大理青旅遇到曹智齐时，知道他在广西支教一年，这件事情对我一直震撼挺大的。我不想再窝在三亚，看那些客人每天如何酒池肉林，于是我主动联系到了博学村的陈统奎，申请去做义务志愿者。

流动儿童图书馆是一个公益组织，在博学村设了一个站点。在假期或周末的时候，把孩子们聚在一起，由志愿者带着他们看书。但是我待的一个月里，和孩子们读书互动只有两三次，所做的奉献和起的作用实在太渺小，与其说我奉献，还不如说博学村给予我更多。

看看身边那些一起走在路上的，已经算是同龄人中的明白人了，但是其中又有几个是真正清醒的？在博学村里，我开始反省自己的行走，是否只是打着理想主义的幌子逃避世事、消费青春：你是否踏实地关注过土地？关注过每一条山川湖海？融入过那些村庄？你爱自由？你摸到过真正自由的羽翼吗？之前的一切是不是只算叶公好龙？其实你并不知道那条你热爱的龙长什么样。

感谢每一个接纳过我的城市和村庄，宽容地包涵了我的愚昧和狂妄。

山居生活

路标

在海口坐城乡巴士经过火山景点，到达雷虎路口。雷虎路口拐进去还有八公里才到博学村。前一天联系好了陈统奎的二弟阿夸，等我到了雷虎路口，打个电话他来接我。在路口的雷虎村小卖部坐等半个小时，就见到了风风火火骑摩托赶来的阿夸。

摩托开进村子大概要20分钟，一路都是亚热带丛林的模样，高大粗壮的菠萝蜜树、荔枝树、龙眼树，沿路建有火山石垒起来的石头老屋，还有旧式的南洋风情的老巷子，古木参天的林荫道，一垄垄绿色藤本蔬菜基地（后来才知道那种蔬菜叫佛手瓜），途中碰到不管是荷着锄头的爷爷，还是挑着箩筐去菜地的大婶，阿夸都要减下车速，跟他们一一打招呼，一派古风古礼。

萤火虫不请自来

到达博学村后，还得再往前两公里才是我的基地——花梨之家。

花梨之家坐落在村里后山的一片荔枝林中，四联幢黑瓦白墙平房，院子已经初具雏形，我去的时候，大家正准备给院子做绿化、铺草皮。当天还住着一个沙发客K，自河北而来，准备骑行海南。当晚我们吃完晚饭后，坐在阿夸房间门口台阶上乘凉。三个陌生人神奇地聚在一起，大家简单自我介绍了一遍，K是个程序员，爱好骑行，休年假出来环一次海南岛，同时趁这次出来清净想想要不要辞掉那份鸡肋般的工作。阿夸在北京上完大学后，也在苏州工作过一段时间，因为大哥陈统奎要返乡做实业，他便也回了家，帮助打理花梨之家。

沿着院子走一圈，除了这一小片的光亮，周围没有半点灯火，真真是个隔绝喧嚣的好地方。夜晚的花梨之家一片静谧，一阵儿一阵儿的虫鸣愈发衬托了山野之静。虽然暂时还没有网络，没有电视，但是布满夜空的星星和萤火虫却是不请自来的。阿夸从房间里拿出来吉他，给我们自弹自唱了几首。霎时间虫鸣隐了下去，吉他声清凉沁人，旁边草皮和树木在傍晚时分浇了水，泥土润湿后散发出的味道，和着青草香，我似乎能听到植物拔节生长的咯吱咯吱声，吉他声停下的间隙，虫鸣复起——这是我听过的最好的一次不插电现场。

　　在三亚海边五个月住下来，我已经习惯了时时刻刻的浪潮拍打声，时空一换到万籁俱静的山林里，没适应过来，当晚失眠到两三点，然而早上五点半我就醒了——被林子里的鸟鸣叫醒的，于是干脆爬起来，利索地穿上跑鞋，轻轻推开虚掩着的院子铁门（大门一般不上锁，这里不用担心入室偷窃之类的问题），走出来满世界的清凉。每次早晨起来跑步，天未大亮，跑在林间的碎石小道上，遇见坠着果实的木瓜树和菠萝蜜树，遇见尖尖草叶上的露水，遇见荔枝林深处腾起的晨霭，心里不由得升起一股喜悦——理想式的田园生活，真的已经来到了。

　　在山林中散步，还时常会有意外收获。有一次穿过荔枝林，走到台湾水果园那边，看见火山石矮墙上摆着一个青木瓜，走近了给它拍照，正犹疑这里怎么会莫名放着一只瓜？忽然矮墙那头伸直了一个身子，原来是有人在地里悄无声息地薅草。我打招呼问候伯伯好，然后惊奇地打听青木瓜有什么

暮色下，开着花的荔枝林

用？他告诉我：青木瓜用来打边炉、炒菜都可以。削去皮，挖掉里面的籽就行了。他笑着说木瓜给我了，让我拿回去。说着走过来递给我一张宽大的海芋叶子，叮嘱我削皮时要记得戴手套，因为青木瓜削皮时的黏液沾不得，一沾上手掌就又红又痒。我连声说谢谢，乐滋滋地抱着瓜走了，回程路上，果然看见好多木瓜树，树顶挂着七八个大大小小的木瓜，有的树下还散落着几只过分成熟的木瓜，显然都是野生木瓜树。一想到这些无人认领的木瓜，在这一个月里都将归于我的名下，顿时觉得自己真富裕啊。

有时走到村子边缘，还会遇到养蜂的蜂农，荔枝开花的季节，是他们最忙碌的时候。有次我正好碰见了摇摇蜜，就是蜂农把一面蜂巢移出来，竖立安放在摇桶中心，转动辘轳轴，利用惯性把蜂蜜给摇出来，落在蜜桶里。蜂农给了我一块蓄满蜜

偷只木瓜回家去

村里的养蜂人在摇蜜

的蜂巢，说这个可以直接吃，我尝了尝，和平常超市里买的果然不一样，未经熬制的生蜜有生腥气，还带着一股荔枝花的味道。

晨跑山道边的蒲公英

　　离开花梨之家前，我蹲在墙外的火山石边，录了一段夜虫的虫鸣声。夜虫都很机灵，听到任何风吹草动可疑动静，一瞬间集体收声。人只得悄悄摸过去，蹲点几分钟后，才能收到最清晰锐利的虫鸣声。虫鸣音是一阵儿一阵儿，越叫越欢，这段录音还在我的手机里，不管是在中蒙边境的贝尔湖、西藏然乌湖扎营，还是在北京那些失眠的夜晚，我都要打开录音，听着博学村的阵阵虫鸣入睡。

半农半X

半农半X，顾名思义就是半个农民半个未知，这个X可以是画家、医生、教师、程序员、设计师……填空范围无限广阔。但是不管另一半是什么身份，亲近自然，亲近土地和草木，亲身去劳动创造这是最核心的生活理念。在花梨之家，我曾挖草皮、种草皮、种树、浇灌、挖山薯、做饭、打扫、铺石子路、摘佛手瓜、摘人参果，和村里的妇女主任一起操办酒席……这么看来，我也勉强能算半个农民。

院子的草皮不够用，我们还得去隔壁村子挖草皮。博学村土地少，地表多是火山岩地貌，没有大片的草地，只有去隔壁美梅村野地里挖。起大早吃饱饭，备好水和干粮，我们就骑上摩托车往美梅村去，我好奇怎么不带工具，阿夸故意卖关子不说。到美梅村后叫上了他的表弟秦歌，轰轰再往山地里去，走到一半，在路边一个大石龛边停下车，原来当地人都把镰刀锄头等农具放在石头龛里，约定俗成，大家都不会乱动别人家的东西，所以不用担心丢掉。

挖草皮既是个力气活，又是个技术活，先截选一片30厘米见方的草皮，沿四周挖断，然后再用平板铁锹将草皮平铲出来，技术太差如我，一不小心就破坏了一片完整草皮，而且连草带土不是太厚了就是太薄了。

挖累了就躺在草地的树荫下休息，白天也有各种虫鸣，

院子绿化运动

种草皮，绿化庭院，劳动最光荣

甚至还有种像含着一嘴漱口水唱歌似的叫声，那是野雉——我当然听不出来，阿夸告诉我的。临近傍晚时，把所有的草皮叠整齐，装进麻袋，等着阿夸爸爸开三轮车来把草皮拉回去。回去路上就热闹了，一辆装满草皮麻袋的三轮车在前面开路，两辆摩托、一大拨蚊子紧跟在后面，轰轰地往家里赶。土路坎坷，每当三轮车卡住了，我们便停住，下来"一二三"齐力推车。

赶在饭点回到了阿夸的老家，阿夸爸妈住在村子中心，他妈妈早已做好了饭等着我们，晚饭吃了什么已经忘了，只记得当时我扒了两大碗饭。

种草皮就简单多了，也是件有意思的事，像拼绿色马赛克一样，把草皮浅浅地埋进土壤里。要是赶巧再下一场春雨的话，不到一两周，整个院子就绿了起来。在种下去的前半个月，院子里的草皮，移栽来的椰子树、凤凰花树、木瓜，墙头上的落花生根、菠萝、花梨树都要浇一遍水，种下这些植物非常不容易，所以更要好好照顾它们。从别处运来的红壤黏性很大，穿鞋踩在湿土上动弹不得，所以浇水就得光着脚丫子，这也是一件有趣的事，小心翼翼地踩在冒着芽儿的草皮上，或者黏糊糊的土壤里，泥巴挤牙膏似地从脚趾缝里挤出来，盖住趾甲和脚背。有一次，在火山岩矮墙边的那几棵椰子树边，突然猛地窜出来一只松鼠，活生生吓我一跳！它纵身一跃，跳到对面树枝上，翘着尾巴，拿眼睛滴溜溜看着我，挑衅似地，我愣了一会儿，然后迅速反应过来，抬高了水管瞄准它，可惜没淋到，哼！不管淋没淋到，反正总算也吓了它一跳，我们俩扯平了。

在花梨之家，我得负责日常的一日三餐。我爱下厨，当然也爱一个窗明几净、设备齐全、现代化的乡下厨房，花梨之家的厨房就是个典范。当地的主要农作物是佛手瓜，菜市场里也叫寿瓜，除了清脆的果实，佛手瓜的藤蔓其实也是一道优质蔬菜，当地人管它叫做"龙须菜"，我以前从未吃过，口感有点像南瓜藤，不过更清爽。将新生的嫩藤蔓掐尖，剥去皮膜，折段，单炒或者炒肉、炒鸡蛋都行，简直百吃不厌。

看书摘菜等饭熟，这是最好的时光

逢着阿夸出门去镇子采购，或者和秦歌下地干活的日子，我就一人守着整个院落和荔枝林，掐算好时间做午饭。花梨之家有一排大书柜，且多台版书。每次都早早地忙完客房院落的杂事，然后等着享受一天最好的时光——看书摘菜。把书和蔬菜搬到门口，坐在台阶上，不紧不慢地摘菜，对面的百亩荔枝林，正在悄悄地开花挂果，矮墙下长着阿夸妈妈栽下的生菜，角落里还有我种的几株马铃薯（我还给它们写过生长日记），每天看着它们发芽长

山薯炖排骨，咕嘟咕嘟肉香四溢

摘人参果

叶，真是难言的欣喜。菜篮里有龙须菜，碧莹莹的绿色，还有沾着雨水和泥点儿的四季豆。最好的食材是山薯，类似香芋山药，长得丑，但口感绵糯，回味深长。灶上炖着一瓦罐山薯炖肉，我坐在厨房门槛上，看沈复的《浮生六记》，看《苏轼文集》，读到妙处正得意，似乎还能听到"咕嘟咕嘟"的声音——原来是山薯肉汤要溢出来了。

阿夸家的几亩人参果要迎来最后一拨收货时节了，镇里来了大车停在路旁，等着老乡挑来一担担的人参果。我跟着阿夸、伯伯、伯母，还有统尧去果林。幸好下地前被提醒过做好人蚊大战的准备，长衣长裤头巾，全身喷上驱蚊液，然后才敢壮着胆子进入果林。果林挨着菜地，人参果树果实累累，名副其实的"果实把树枝都压弯了"，果实的生熟程度不一，有的已经被鸟儿捷足先登了，鸟儿还眼尖得很，专挑大而甜的果实下口，还浅尝辄止，吃两口，厌了，扑棱扑棱翅膀就走。碰上这种果子，城市人是不会买的，精明的城里人也有失算的时候——其实这种果子是最甜的。果农的人参果卖给收购商才一元钱一斤，价格贱的时候，甚至卖五毛钱一斤，都抵不上半天摘果的工钱，根本没赚头，村民都希望村里能自建个水果加工厂。

秀英区发下来一些沉香树苗，我们趁着刚下了一场雨，赶紧把它们种下。沿着火山石围墙下，三米两棵的间距挖坑，下肥，安顿好每一棵小苗。挖坑的时候，带出来许多木薯，阿夸爸爸顺便就把那一片无意间种下的木薯给收获了。木薯属于扦插法作物，我在中越边境曾看到大片的木薯地，长得一人高，怎么都不能把它联系到薯类上去，这次总算见了根茎实物，才相信它应该归为薯类。据说木薯产量高，含淀粉量多，而且不挑土壤，阿夸爸爸两年前插下的几棵木薯，已经绵延成一小片木薯地了。木薯虽长得浅，但根茎脆弱易折，经过我手挖出来的都是残肢断臂，罪过，罪过。晚上我做了一道红烧木薯，没人动筷子，阿夸爸爸笑话我："木薯基本都是给牲畜们吃的，今天被你端上饭桌了。"我这一贯胡搅蛮缠式的肖氏烹饪法，终于马失前蹄一回了。

博学村陆陆续续有客人来，赶上大活动就得提前好几天做准备工作，最当紧的就是客人的午饭。有一次海南交通广播电台来村里做捐书踏青活动，一来就是十来桌，当天一大早我和阿夸就去了村里，帮忙做各种琐事。我跟着阿夸妈妈和两位妇女主任，给她们搭把手。当地传统菜叫做"打边炉"，其实就是清汤火锅，没有任何底料，非常注重食材的新鲜度，只用当天宰杀的肉禽和当天采摘的蔬菜。尽管我去得早，但是她们已经忙开了。厨房门口放着好几箩筐的蔬菜，佛手瓜、龙须菜、青木瓜、生菜，再配上著名的海南东山羊羊肉、村里自产的土鸡、自做的豆腐，这就是一顿地道的农村"打边炉"了。

花梨之家

阿夸的爸爸不但是种瓜能手，还是园艺匠、木匠。院子里的微型景观树都是阿夸爸爸的杰作，还有客房里的菠萝格传统床也是他亲手做的，后来又做了一张原木荔枝板桌子，古朴厚实，色泽耐看，非常漂亮。

阿夸的奶奶快八十岁了，她常常从村子里走过来，给我们带吃的，山薯（比淮山的口感都要软糯，用来炖汤最好不过了），野生小黄豆（只有普通黄豆的一半大小，产量很低，几乎没人种这个了），腌的地瓜叶梗……奶奶不会说普通话，笑声爽朗，非常有亲和力，我会的当地语言也只有一句，"加崩（音jia beng）"，吃饭的意思。语言不通，我就只好比划，有时候比划半天也没懂对方的意思，干瞪着眼你笑我我笑你，笑着笑着奶奶就一把抱住我，特别窝心。我嘴巴甜，每逢着她时，我远远地就喊奶奶，变着法儿喊，普通话版、永州话版、长沙话版都各来上一遍。她每听了乐开花一样。似乎是因为我爷爷、奶奶、外公、外婆都去世得早，我对老人有一种特别的亲昵。她拉着我的手上村里去玩，带我坐在村里的"议事厅"（就是村子中心大树底下聊家长里短的一个露天聚集地）向其他奶奶们介绍我，我既听不懂一个字，只好逐一和每个奶奶都打声招呼，不过她们除了一句"奶奶"，其他也是一个字不懂。她们聊天我插不进去，

村里的老牌楼——博学里

博学村的议事厅

就只好和村里那只老得通人性的大白鹅对视。大白鹅是议事厅的长老级神物，它不知道听了多少次村里会议和家长里短，常常会歪着脑袋，盯着一件事物看半天，看够了然后再慢慢踱步走开。

阿夸和统奎是花梨之家的主人翁，我和阿夸接触比较多，而面对统奎我则比较拘谨，一直都叫他统奎老师，因为我的专业也是新闻采编，他年纪比我大一轮，还是叫老师比较合适。他多数时间不在海南，在我离开之前他回来了几天。关于他，我更多的是在各种采访里获得的信息，博学村的大多数政策利益都是他申请来的，花梨之家也是他打造的。为了博学村，他费了不少心血，甚至在采访名人的时候，也不忘自己的家乡。村里公共活动室有一块姚明题字的牌匾，就是他在采访时要来的。后来，他辞去了记者职务，回到家乡一心搞建设。他和我之前认识的那些青旅老板很不一样，除了理想主义，他还有野心，有勇气，实践力强，充满正能量。我知道的那些青旅老板同样也很关心公益，关心明天和政治，可是他们对体制并不抱希望，宁愿隐于山。而统奎则不一样，他积极，不空谈，而且识时务，善营造，借风扬

村里那只快成精的大白鹅

火山岩与野花

　　帆开大船，这是很值得尊敬的。他和罗家德老师带给我的影响很大，尤其是罗老师。同龄人在间隔年或者打工旅行中，嚷嚷着"追寻自由"、"自我实现"，自始至终看到的，只有自己这个小我，而从没想过作为社会一份子，肩上还扛着一份"大我"的责任。

　　罗家德老师在清华大学社会系任教，来博学村是做一份"社区营造"方面的调研，因为那次他的博士生没来，于是带上了我做他的调研助理。最初他对我的这种旅行方式很感兴趣，问我"在大陆，像你这样走的同学多吗？"

　　"不多，我刚出来的时候，也想在班里找一个同伴一起走，但没人响应。后来在青年旅舍里认识了一些，各色怪人都有，挺好玩的，但是喜欢下乡的，不太多。"

"走这么久，有什么收获吗？"

"实质没看出来，可能有些东西已经扎根了，但是我还不知道它们会长出什么芽开什么花。"

"你想过以后的打算吗？"

"没真正想过，我已经放弃自己的专业了。没法进好的传媒平台——虽然我自己也没去努力过。我也不喜欢爸妈想的那种生活，在家乡电视台谋个饭碗，安安心心熬个十来年，拿到事业编制，一辈子就这样细水长流了。我有一些没上大学的同学，谈起他们在流水线的工作，每天重复一个动作，和机器没有两样。后来我在广东待过一阵子，亲眼看到了电子厂门口每天下班时的情形，人一拨一拨走出来，几乎都是和我年龄相仿的年轻人，但是个个都呆若木鸡。在那里，人就等同于一颗金属螺丝钉，这个等式让我觉得太残酷了。但是后来我发现，记者这一行也没好到哪里去，我说的是我体验过的地方台，像南方系报纸或者大的传媒平台，可能会不太一样吧。我做的是时事新闻记者，每天就是跟会议、跟政府调研，吃政府接待，拿商家红包，抄现成的媒体通稿，酒桌上就算自己假装不晓世故，免去了敬酒，也得摁下心来听领导们高谈阔论，陪着笑脸坐到散席。做其他栏目也是一样，民生栏目主旨就是煽情两个字，整个地方传媒大环境就是这样的。我不想这样废下去，我得找一件我喜欢的事情做。我对民间手工艺挺感兴趣的，出了海南我准备去贵州转一圈，看看蜡染和苗绣。"

罗老师也说起了年轻时候的事，中国台湾长大，在美国上大学，毕业后还一人自驾美国66号公路，走了半个月。在台湾当了十多年老师，然后应邀来了清华大学。他跟我说他在四川茂县的杨柳村有个NGO项目，关于汶川灾后重建工作的，问我有没有兴趣去做长期志愿者。我以前关注过NGO，也考虑过这个职业，后来一直没有机会。罗老师这个项目正好在羌族村寨里，少数民族文化又浓厚，正合我意——可是我两个月前就已经答应呼伦贝尔青旅前去工作。非常可惜，虽然我自己隐隐觉得，错失这次机会，我以后可能要走一段弯路，最终还会绕回乡村改造这条道路上来，可是我不想失信于人。罗老师说，没关系，以后再说，邮件联系就是了。

采访完参与过村里大型建设项目的相关当事人后，罗老师带着我去了一趟村里。看完一圈村里保留下来的火山石老屋，去了博学村的"议事厅"，在树下拉着村民聊了半天，听老乡们说他们眼里的生态村展望，说家里的农业生产和小孩子的教育问题，说在家务农和在外打工的一些对比。

回去路上，我和罗老师聊天，谈到我前两天去海口市里买火车票，回程在永兴镇子里逛了大半天镇子里的老街的事。我以前拍照很少会关注到"人"，而当我在那条种着百年菠萝蜜树的老街上时，我看到道旁一溜的木头旧房子，停满了自行车摩托车，街头街尾有补牙诊所，乡村大排档式的咖啡厅（据资料说，海南的咖啡饮用史比中国的现代都市早得多），棉絮加工厂，各种吃食的小摊小贩——地瓜梗酱菜、盖着海芋碧绿大叶子的一竹筐一竹筐的海南粉、招牌突兀扎眼的"北京烤鸭"、饱满翠绿整装待发的一摞摞青香蕉、紫薯和薯藤（卖给家里养羊的农户）。街上有成双结对、黄发紧身衣"杀马特"装扮的少男少女，一街摆开的村民喝茶长龙，街边写字桌前的"买马"摊，三三两两围在桌前买马下注（买马，类似彩票，海南地下博彩业的一种），我喜欢暗地里偷看买马选号的人，他们选号时一副绞尽脑汁又

村民和韩国设计专业留学生在一起，举着亲手做的博学村吉祥物——小蜜蜂

故作淡定的样子。整条街几百年来可能都没有变过，一代又一代人，在这条街上生老病死。老人，小孩，壮年，不管他的脸上写着机灵还是木讷，我觉得每个人都值得记上一笔、拍下一张照片。我笑着问罗老师："我这算是开始接地气了吗？"罗老师的回答我记得很清楚："不要宏伟叙事，不要时代意义，草根文化才是最实实在在的，哪怕是一只蟑螂，它也有自己的挣扎力量和生存方式。"

我这个助理，没帮上他什么忙，就是跟着他去做一些田野调查并在事后整理采访录音，这些工作，他完全可以拿回去交给他的学生。后来我才明白他那时的良苦用心，在录音资料还没整理好之前，他就提前把助理薪金给我

了，那会他都不知道我的真名，并且我行将离开海南岛，他也要飞回北京。对于这份四五天的助理工作，在我看来完全是举手之劳的义务活，他居然很认真地要我收下那笔薪金。我觉得他可能只是找个名目，来帮助我这个冒冒失失去了解世界的年轻人一把。我想起来他的一句话："这一次田野调查的一些方法论，你以后也会用得到的。"

后来我在北京看书，有一阶段在看人类学专著，大呼相逢恨晚，还发现，幸而沾了罗老师的光，看那些人类学理论书稍微有点触类旁通。人类学家才是一群坚实地"在路上"的人，在苗寨，在藏区，在喀什老街，在客家土楼村子里，都有人类学家的身影，而且他们做田野调查，安营扎寨，一去就是一年半载，对比当下某些打着"在路上"的旗号的背包客们，为自己走过某条线而洋洋自得，这些简直微不足道。

流动儿童图书馆

花梨之家是陈统奎联合家人建起来的，不仅仅是一家旅舍，而是以点带面，逐渐成立着眼于全村利益的公益平台，把全村都带动起来，打造一个火山生态旅游村。这个建设计划还在起步阶段，全村的主要经济来源仍是农耕和在外务工，所以村里有不少留守儿童，年幼的跟随在干活的爷爷奶奶身后，大一点的进寄宿制学校，周末回家。除了看电视或者帮家里干点活，就没有其他的娱乐教育活动了。

每逢周末，只要天气允许，阿夸都会组织志愿者带着孩子们做读书互动活动。我所在的一个月，除了有一次周末赶上学校补课，我共带了三次读书活动。流动儿童图书馆读书活动这件事，是我后来回想时最最遗憾最最后悔

流动儿童图书馆，阿夸在带孩子们读书

185

求知若渴的孩子们

的一件事，我对自己的懒散感到羞愧。因为前期没有好好准备，当时也没有认真去对待。我甚至记不住他们的名字、年级、家庭情况。离开了海南后，每次我看植物学科普书，总要想到那群小孩，要是我认真勤快一点，我就会把火山村里常见的植物整理一下，做一个图谱或PPT，然后带着他们去树林里、小路上、石缝间去辨认花花草草。我想告诉他们，手机里的游戏软件、照相机、城市小孩的点读机，都没有大自然来得有趣和伟大。

　　海南交通广播台曾来村里，举办了一次捐书捐物活动。村里的小孩得知这件事以后，也是期待很久了的，不过在上午的活动仪式上，他们却都低着头躲在角落——城里的小朋友落落大方地唱歌、表演，而村里的小孩却像丑小鸭一样别过头一言不发。其实他们也有才艺，并且聪明伶俐，我给他们解说了一遍纪录片《海洋》和《美丽中国》，第二遍他们就能对着屏幕给其他小孩指指点点了。草丛、树林里才是他们的大舞台，五六岁的小屁孩，胆敢手捏着一只壁虎，故意来吓我玩。可是大人们看不到他们这种可爱之处，他们自己也从无自信，为自己不会跳《小燕子》而自惭形秽。

我不怀疑城里客人们的真诚，但是他们这种开着小车、胸前挂着相机进村，走马观花扫荡一圈，给小孩带来的，只有正面意义吗？我跟罗老师提到过，我当不了小朋友的好老师。虽然我自己都没理清价值观、世界观，但我不想教他们"书中自有黄金屋"这种读书论，我更愿意让他们懂得怎么去满足心灵的富足、辨识花草虫鱼。但是他们的父母肯定是不会同意我这种理论的。在他们的父母看来，乡村有什么好，大城市才是有奔头的生活。

离开海南后，我一直为自己未尽到责任而后悔不已，每次在图书馆里看植物图鉴时，总要想起他们，要是还有一次机会，我一定学会植物标本制作法，再带一本《海南植物图鉴》进村，弥补我长久以来的愧疚之心。

呼伦贝尔篇

HuLunBeiEr

　　有时半夜醒来，起身拉开窗帘，迎面就是壮丽的日出，从大窗户望出去，旭日和朝霞一览无余。三楼的大床房有个宽敞的飘窗，坐在飘窗上看清晨四五点钟海拉尔的天空颜色，渐变的蓝色尤其美，就像从远处遥望青海湖的那种蓝色。

　　我怀着舍命尝鲜的吃货态度，做了一道蒜茸煎蘑菇，只用油、盐和蒜末，其他都不用，一朵一朵地煎出来，味美非常。套用当时我们厨房里自夸的一句常用台词——每次出锅后试吃，食物还没咽下去呢就开始眯着眼睛昧着良心地念这句台词——"啊，多么美味，这难道就是传说中的幸福的味道吗？！"

　　白桦林外腾起一层雾霭，缠在林子外，像牧民们的白色哈达。但是等太阳完全升起来后，雾霭就消散殆尽了。果然像期待中的那么美，我心满意足地看完了，跑步回家。归途中正对着升起的太阳，满心的欢欣雀跃，这种身心明亮，是我长大以来从没有过的体验，我深深地怀念这种上路的感觉。

　　在我看来，蒙古族是一个快活的民族，可是骨子里又透着苍凉，正像快活明亮的《酒歌》，又有哀伤的长调，这两种气质矛盾又和谐。在这种"天地辽远独一人"的草原的孤寂生活里，也许人们更懂得欢乐的意义。

夕照之下的呼伦贝尔大青旅

旅舍简介

　　呼伦贝尔青旅坐落在海拉尔市郊，反法西斯纪念园附近，离能看到牛羊撒欢的草原只有八公里。旅舍门口也有一大片草地，既是村里羊群的撒欢地，也是我们的篝火场地，能在门口举行露天篝火晚会的青年旅舍，没几家吧？

　　呼伦贝尔青旅当家掌柜老三，当初招聘人手时，我俩简单沟通几句就敲定了，不是一家人不进一家门，果然气场一致，这就是冥冥之中注定的缘份呢。老三作为一位草原上的青旅女掌柜，不仅人长得水灵漂亮，更兼伶俐直爽坚韧霸气有担当，在草原上开车，能把奥拓开得像牧马人一样气贯长虹。还有，别轻易和她比试酒量，57度的兴安岭，只要一开喝，准得让你八碗不过岗。

　　从西双版纳算起，我已经连续过完三个夏天了。足足两年没感受到冬天，季节时差倒不过来，总觉得缺了点什么。于是我想着下一站要好好把冬天补回来。高原雪山，热带雨林，江南小镇，沙滩海浪，都尝试过了，还剩草原和沙漠没待过，恰好在豆瓣"走走走，去青年旅舍做义工"小组，看见了呼伦贝尔青旅的招聘帖，帖子里附有草原照片，我毫无抵抗力地花了半分钟考虑，然后立即发简历，那边也很爽快，第二天就回复了我，仅凭来回两封邮件我们就敲定了这事。虽然后来青旅由于天气和装修原因，开业推迟了一个多月，虽然我也改变了原计划，走了一遍滇藏、青藏线，拖延了行程，但我俩最终都没有互放鸽子，这在青旅界真是一件不容易的事。

　　有个豪爽的性情中人的老板，呼伦贝尔青旅这一站于是成为我玩得最痛快的一站，大碗喝酒、大块吃肉，各种搭车大捷，在草原上撒欢，在森林采蘑菇，在界河上钓俄罗斯的鱼……和老三一起，前台、客房、厨房一把抓，熬过了新开青旅最辛苦的头一年，一切都甘之如饴。

五个月内见证了呼伦贝尔的春、夏、秋、冬

奇葩录

先自曝吧！我和老三约的日期是五一黄金假期前到岗，我打算四月中旬结束海口志愿者工作后，直接北上内蒙。后来老三又给我短信，说装修还没到位，让我推迟一个月再来。我想着这多出来的一个月，该怎么花掉呢——那不如我再去一遍大理吧。自从出云南后，就一直心心念念那里，不如再回去看一遍。然而快到五月底时，老三打电话问我在哪，我说在大理呢，摆几天地摊完了就动身。到了6月，老三再次给我电话问坐标，我唯唯诺诺，犹豫了会儿，还是实话实说了——"呃，我，我人在西藏。"

老三虽然没说什么，但是我估计她心里肯定在咆哮：搞什么啊，三五不着调，有没有谱啊妹子？！我其实也没打算进藏的，只是在大理转角客栈做沙发客时认识一群跟着我去摆地摊的朋友，然后就被他们拐去西藏了——四川的小宁和成都小娃，广西的林大花，走走散散，滇藏线进，青藏线出，全程搭车。然乌湖边扎营，十来个人围着篝火，对着仅剩的两个肉罐头虎视眈眈；飞来寺搭上拖拉机，躺在一堆白砂糖上高唱"坐上了敞篷车去拉萨"；过金沙江，公路右边绝壁飞石，想想都后怕，去芒康搭上豪华军车，送我们到芒康星级酒店住宿；拉萨河边喝拉萨啤酒；格尔木派出所审讯室里扎帐篷。我这样一路折腾到呼伦贝尔后，整个人肤黑皮糙，一副"鞋儿破，帽儿破，身上的袈裟破"的形象，老三没有嫌弃我，让我太感激了。

逊哥有时叫逊哥，有时叫猥琐王，有时候叫死××。逊哥的猥琐形象，浑然天成，想要重新改造都无处下刀。肤黑体胖鸡窝头，还留着不成形的长胡子，死活不去理发店，他被一个本地导游喊作山顶洞人，真是活该又贴切。他在我心目中的经典形象是：穿着一件旧的黑T恤，用搞装修时剩的绿油漆，在T恤后背刷一个大大的单词"FUCK"，裤子是长牛仔裤剪成的短裤，摊在电视机沙发前卷旱烟，每天都重复同一个问题："今天来的预订里有漂猥琐王四连拍，感谢本人独家授权照片！

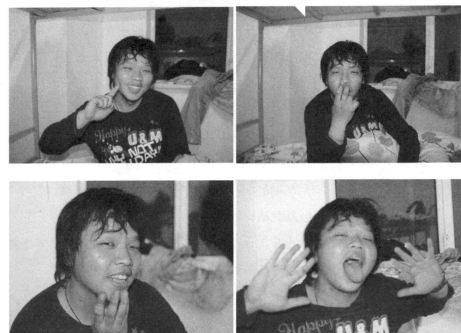

亮妹子吗？没有，那明天有吗？"

　　幸好我本人是貌丑脾气差的抠脚女汉，不在他的猎艳范围之内，我还常常出卖美女住客情报给他，他回报我帮我洗碗（洗碗是轮流制）、嬉笑怒骂皆不还手，由此我们结成了坚固的革命友谊。青旅没有网络，每天的消遣就只好看电视了。看得多了，可以总结出：北京卫视好养生；山东卫视多技校；青海西藏都是风湿骨痛跌打膏；陕西卫视则是轰炸式的手机彩铃推销。2012的夏季，我们锁定了每晚陕西卫视的鸡肋电视剧《武林外传》，陕西台每次播完电视剧，结尾曲都没完，立马弹出手机彩铃广告，看个七八次摸出规律，我们争先抢台词，看谁能先行一步抢到那句"相逢的泪水，忍不住流淌"。这一金句，是我们呼伦贝尔青旅人的接头暗语，打电话、QQ群聊、微信每次开篇几乎都要整上这句"就算各一方，依然把你放心上，这段情怎能说忘就忘？相逢的泪水，忍不住流淌"，声泪俱下，表情到位，大伙入戏都很快。

逊哥的好友阿昌去了南非搬砖卖劳力，好不容易上个网，一冒头，大家都给他唱"相逢的泪水，忍不住流淌。"然后再纷纷叮嘱他：

——阿昌，在南非要好好照顾自己哟。

——嗯（泪光闪闪）。

——保护好自己哟。

——嗯，我会的（再次泪光闪闪）。

有了阿昌，我的弗兰普通话就没人取笑了，因为阿昌的闽式普通话太扎耳，于是每日饭前召唤必是"驾崩，驾崩"（闽南话，吃饭的意思），然后再搜集阿昌的今日名言名句来笑话，当做饭前开胃小菜。阿昌从不跟我们计较，把我们的笑声晾在一边，默默地把菜碗里的肉都挑进自己碗里。然而等他回一趟厨房，拿他最爱的腐乳走出来时，他碗里的肉已经被我们哄抢一空了。他筷子一放，一改平日口齿不清的习惯，咬字清晰地大喝：

"你们这些贱人，还我的肉！"

为了自家碗里的肉万无一失，我先喷了一遍口水，这一招够狠的吧！可是贱中更有贱中手，猥琐王居然毫不介意，抢去就吃。我输得心服口服。

周公子，自告奋勇而来的中年义工，看着像中年人，我们喊他老周，但他辩解说自己只有24岁。计算机软件研究生，面目黧黑，着白衬衫戴黑墨镜，墨镜是双层近视眼镜加墨镜，内层是800度的近视眼镜镜片，外层自装墨

老三带着客人在草原上撒欢儿

镜镜片，可90度活动式折角。在室内时他就把两个墨镜镜片翻上去，很像一只四眼的阿拉斯加犬，我们问他为什么不摘掉墨镜，他囫囵说了一堆，却还是不清楚原因到底是什么……他打了个电话便风风火火地要来做义工，声称勤奋勇敢吃苦耐劳且擅长厨艺，来了之后，我们发现原来他——生活基本不能自理。

我以为老周来之后能够顶上厨子这项任务，不由得大舒一口气，很放心地和老三出门上街采购去了，回到旅舍时已过饭点，发现大家还端坐在客厅，等着"擅长厨艺"的周公子做饭菜，说是已经在厨房里捣鼓一两个小时，还不见饭菜上桌。我们进厨房探个究竟，他守在炉火边踱来踱去，我们好奇地想看看这耗时一两个钟头的佳肴是什么，揭锅一看，傻了眼：一道白开水煮地瓜汤，地瓜还是带皮的。

不说做饭，他连吃饭都欠教育。有次吃煎饺，他只吃馅，不吃饺子皮，浪费我劳动果实，我见了很生气，质问他时，他答起来还有理有据：饺子破了就不是饺子了，我可以选择只吃一种叫馅的东西，而不吃叫皮的东西。气得我牙痒痒。

店里是轮流洗碗制，轮到他时，他一进厨房半天没出来，大家进厨房一看，他正在用手机搜索"怎么洗碗"，还嘟嘟囔囔地把步骤记下来。有人把这个"'百度'求洗碗"的笑话在大厅里挨个广播了一遍，我不信有人连洗碗都不会，将信将疑地进厨房看看，结果，他干了一件雷倒全旅舍的事：估计是"百度"告诉他，洗碗最后一道程序是倒掉洗碗水，于是他把洗碗水收集到一个盆里，很认真地从水槽处把洗碗水端去十米远的垃圾桶边，仔细地把、水、倒、进、了垃圾桶。我很想问问他，怎么不"百度"一下"水槽和下水道是干吗用的"？！

在这里遇到的奇葩还有：

辞职游全国，一圈下来，由贤良淑德小白领核变成抠脚女汉形象的七七；

脑热有多动症的松涛；

逃票无敌、萌妹师奶怪蜀黍通杀无敌帅的小正太嘉乐，海拉尔到深圳，

青旅大厅内的旅游线路图

八张首尾车票，逃得毫无压力；

结伴辞职出门做义工的一双同事灰米和猫猫，搭车走新疆，阿克苏半途下车，随同车老乡一起去摘棉花；

外表斯文安静慢吞吞，但是言论霸气无禁忌、有主见的杭州妹子卉媛；

我的喝酒、钓鱼、嗑瓜子好友鑫第，在我毁人不倦的谆谆教导下，他变成了厨房剁鸡、杀鱼专业户；

典型宅男赵大宝，暗恋一个妹子七八年得不到回应，唉，"我本将心向明月，奈何明月照沟渠"，我们给他各种支招，换发型、改走姿，每日三顿饭前给他念十四字真言"胆大心细脸皮厚，该推倒时就推倒"。

青旅必备，桌游走起~

伊敏河畔

写这本书时，我最常听的两首歌，一首是Sainkho Namtchylak的《Old Melody》，另一首是代青塔娜的《往日时光》：

"人生中最美的珍藏

就是那些往日时光

虽然穷得只剩下快乐

身上穿着旧衣裳

海拉尔多雪的冬天

穿来三套车的歌唱

伊敏河旁温柔的夏夜

手风琴声在飘荡……"

旅舍和伊敏河隔着一条公路，在海拉尔市往满洲里和额尔古纳方向的城郊路口，是一栋独立有着尖尖红屋顶的小楼。后边是城郊的农村，有奶牛有羊群，有一匹骄傲的大白马，还有大片的黑土地，不但长蔬菜，夏季的时候还有大片的向日葵，对面有座大上坡，隔断了我们与城区。山坡是片宝地，看落日、采野花、逃票进反法西斯纪念馆的风水宝地。

海拉尔的春天来得大张旗鼓，漫天的柳絮杨絮，飘进大厅客房，我们每天都要举着扫帚追杨柳絮，后来追出经验了，扫帚上沾点水，一扑即中，追了十多天，要是把那些杨柳絮收集起来的话，估计够做一床棉被。

山坡上野花烂漫，有一次我跟着阿昌上山，爬进铁丝网围着的反法西斯园区，发现一坡的大小山花，嫩黄色的野罂粟开得最招摇，这种花在草原上常开一个夏季，还有大朵的野萱草，就是金针菜，据说能吃，我采了一小袋花苞，一直没舍得把它们投进高汤。每次上山，阿昌去看望那些假坦克，而

在对面山坡采野花

我则直奔野花而去，花采回来，插瓶摆着，宽敞的大厅就亮了起来，早上喝粥，桌上对着一瓶山花，心情大好。

旅舍左边，老三和逊哥开出了一畦地，向屋后的村长家讨来向日葵苗，再撒上一堆波斯菊种子，我来时，它们都已经钻出小苗了。门口有一小片地，看样子能够开垦出来种上蔬菜，到时候蔬菜就可以自给自足。借来锄头，在我们的威逼利诱下，阿昌被迫干了半天苦力，把一片荒地开垦出来。买来一包小白菜种子，两元钱，根据说明书三四十天即可收获，能种半亩地，但是对于半亩地到底有多大，谁都没有概念，我就只好信手撒种了，不是都说黑土地种啥长啥嘛。我们盼望着这五六平方米的小白菜，不但能供应自己，还能发展为青旅副业，至少也能扎两把去菜市场换根萝卜大葱吧。结果证明，这是真正的"叶儿黄，两三岁时没了娘"的小白菜啊，阿昌在时，小白菜还有人每天早晚浇水，小白菜他妈阿昌走后，松涛嘉乐接班，但毕竟他们都是后妈啊，浇水浇得有一顿没一顿，种得密集营养跟不上，都长得畏畏缩缩的。小白菜前前后后被我们割了三四顿，折算一下回报率，不计人力，总算是捞回种子成本钱了。

松涛在的时候，懒得去市里理发，我拿着旅舍里剪花草剪电线的剪刀，给他理发。我当然没有学过理发了，不过当学了下厨后，我发现对手艺都有莫名的自信，其实很多手艺活计都不是难事。种菜、理发、下厨、补衣裳、换灯泡、修简易电路，包括后来我看关于手工艺的书中介绍的造纸、制陶、植物染等老手艺，这些维持最基本生活的技能，动动手就能学会。我觉得每一个年轻人都要做到：把自己一个人扔到瓦尔登湖也能好好生活。

松涛也真放心让我剪，坐在门槛上，一副"剪坏了大不了剃个光头嘛"的无畏气势，他自己都不怕，难道我会怯场？手起刀落，哦不，刀起发落，十来分钟就剪完了，除了他耳朵碰了一下剪子，其他什么都挺好的。

为了给大宝改造发型，我们集体陪他一起剪了头发，准确地说，是剃了头发。我把两鬓给剃了，发顶能扎个小辫，看起来就是个蒙古族小太妹。回去不知谁出了个馊主意，要整个化妆大会，然后拿着马克笔、眉笔、丙烯油彩对着脸上互画一通。鑫第被我画了一个《V字仇杀队》里面具男的妆，看起来还挺酷的，而大宝被我们几个七手八脚一起上，画了一个俄罗斯套娃脸，专门模仿满洲里套娃广场的套娃模子画的，完成后，大宝的一颦一笑都极具喜剧效果，逗得大家笑疯了。把劳动成果发到微博上去，引得霸气称赞无数。

村后放羊的老大爷，经常把羊群赶到我们门口这片草地上吃草，同来的还有一匹骄傲的大白马和一头笨驴。大白马没有鞍子，我们想骑也骑不了，而且它非常骄傲，从不正眼瞧人。只有那头笨驴比较好玩，和驴打交道后才明白为什么驴都称之为蠢驴笨驴。驴非常天然呆，也不怕生人，看见好奇的东西后，它就眼神呆滞地凑过来，定定地盯着看，一动不动看好几分钟，我觉得要是和它比对眼，谁都比不过。驴的叫声就更傻气了，象声词我想了半天，都想不到一个贴切合适的，七七说那叫声像是拉长了的打饱嗝，松涛学驴叫倒是学得最像了，我们说二者具有相通的气质。

就因为驴长着一副痴蠢笨的长相，我们对它便放松了警惕，以至于它偷吃了好几回我们的小白菜。最可恨的是有一次，它趁我们午睡的当儿，把长势正好的向日葵给啃了，啃得那几排向日葵七零八落，有的还连根拔起，简直惨绝葵寰。大家才睡了个午觉而已，醒来看见向日葵血肉模糊的遇难现场，不由得恶从胆边生，但是驴子早已不见了，而且还有意无意地躲了我们很多天。

笨驴遗照，笨驴你好，笨驴再见

　　这头驴子是村里菜农用来拉蔬菜进城的，我也很想赶着驴车进一次城，大摇大摆地闯红绿灯。这个想法还没和驴子主人家说呢，我们就收到了笨驴猝死的消息。驴子是怎么死的？他是笨死的。笨驴主人家把它拴在远处的树桩上，回去干活去了，干完活再去找驴，发现它倒在地上，脖子绕了一圈绳索，大概是被绳子缠住了，挣扎不得法，窒息而死的。听闻这个噩耗，它的悲惨遭遇让我们感到十分同情，对它所有的积怨也消散一空了。

　　海拉尔进入夏季时，日落特别美，火烧云和彩虹，是隔三差五经常出现的。彩虹还是双层的，挂在对面山坡上。呼伦贝尔每逢雨后必有彩虹，我们都屡见不鲜了。旅舍有个秘密基地，是看日落的绝佳处。秘密基地入口在楼梯尽头的水箱上，推开头顶的一方木板，翻上去就能找到。那里是黑黢黢的楼阁，为了装热水器，楼阁开了个口子，通往另一个尖屋顶，我们就在这个尖尖的红屋顶上，看了好多次辉煌落日。大家一溜儿排开，骑在屋脊上，火烧云红透了半边天空。西边的落日晚霞映照着巴尔虎草原和蜿蜒曲折的伊敏河。老三，七七，逊哥，阿昌，还有一些住客，我们都一起看过落日。后来考虑到安全问题，屋顶基本不给上了。

隔三岔五就能看到的彩虹，还是双层的！

爬上尖尖红屋顶看落日，火烧云烧透一大半巴尔虎草原

　　这边三四点就日出了，老三带着大伙儿大清早爬起来，翻过马路过伊敏河边看日出，伊敏河满江都是红彤彤的朝霞。我懒，而且我有得天独厚的地理位置，有段时间我住在三楼大房间里（作为一个资深青旅员工，当然要把旅舍里所有的房间睡遍！），有时半夜醒来，起身拉开窗帘，迎面就是壮丽的日出，从大窗户望出去，旭日和朝霞一览无余。三楼的大床房有个宽敞的飘窗，坐在飘窗上看清晨四五点钟海拉尔的天空颜色，渐变的蓝色尤其美，就像从远处遥望青海湖的那种蓝色，视野范围内能看到那座海拉尔标志性建筑大白塔，对着白塔我想过好多次出路。我天马行空的想法可多了，那时最想的是"过了内蒙这一茬，我要去波密的松宗镇，开个米粉店，希望四月桃花开的时候，朋友们带着盐水花生和老酒来看我。"

围着篝火大碗喝酒

在海拉尔，夏季停水停电是常有的事情，有次意外停电，饭菜都没来得及做，想了个法子，在门口草地那个天然坑上，搭了个简易炉灶，端上锅盆，捡柴生火，煮了一锅香喷喷的炖鸡火锅。尝到甜头后，第二日，鑫第和嘉兴哥捡来砖头，就地铲土坯，和水成泥，砌了一个小烤炉。建烤炉的主要目的是为了烤地瓜、煨土豆，顺便煮火锅。过了两天，等泥干透，我们就实验上了，实验效果很不理想，入柴口太小，火没法着旺，灶台也不牢固，煮着煮着眼看锅盆就倾斜了。一边维修炉灶，一边照看火锅，一顿吃下来，费了老大劲。

还是玩篝火大会比较轻松，最初是鑫第找我说他想喝酒，我说我吃烤地瓜。于是天黑前在草地柳树丛边，我们捡了一大堆现成的枯朽废柴。等天一黑，带上地瓜和酒出去，坑边有枯草，随手揪上一把，引燃了，再把细密的枯枝搭上去，待火势稳定后，扔进地瓜，一边喝酒，一边等地瓜熟。地瓜熟时香飘十里，把坐在客厅里的住客们勾了出来，来到时首先盯着地瓜。我指指旁边的柴火，聪明娃们立即会意，打开手机电筒，兴冲冲地去周边拾柴火。

众人拾柴火焰高，再扔一轮地瓜、土豆，捡个砖头垫屁股，围着篝火坐成一圈，大家来自天南地北，你我互不相识，老三提来一箱海拉尔啤酒，分发给各人，提议大家轮流来个自我介绍吧！熊熊的篝火映照下，老三教大伙儿唱呼伦贝尔人人都会的一首歌，就是那首全市移动用户的默认彩铃歌曲，每次给本地人打电话，全是先听到一阵嚎——"草嗷原嗯情（草原情），草原儿女相聚在一起，草原就在我们的歌声里……"习惯了之后每次打电话都要跟着哼一遍，后来这首歌终于被换掉了。你要是见过一群素不相识的人围着篝火齐唱《草原在哪里》的情形，就一定会明白换掉这首歌是个错误。

逊哥爱喝酒，他在的时候，每当特殊的日子（没有就编一个理由）都要喝上一点酒。跑腿买酒这种活，当然靠手心手掌猜黑白决定了，我和老三每次都出一样的，所以无论如何都轮不到我们。这点小伎俩他们也从没发现。只是自从在村里小卖部买了一次假冒的"老牛角"后，集体犯头晕恶心，大家的喝酒事业这才告一段落。

来的住客都想着要试一试蒙古马奶酒，有一次一个北京大叔住下，提了一箱马奶酒回来，搭伙吃饭时，人前一只大碗，海碗满上。吃好喝好之后，大叔兴致高昂地要给我们算命，坐在大厅坐榻上，说的有板有眼。据前面人说测得很准，于是纷纷哄上去要求算命，大叔招架不住，换了一个集体测

门口的篝火晚会

验。测验完后，再来一轮佛家的清净洗心仪式，大家闭目环坐一圈，听大师
给我们念："你来到一个静静的静静的草地边，周围有和煦的风，有清新的
空气，在你心中升起一轮轮由内而外的光……"我悄悄睁开眼看看大家有什
么反应，没想到竟看到逊哥居然哭起来了，哭声越来越大，变成嚎啕大哭。
当时我们就震惊了！但是大师没有，他对此一脸拈花微笑"早就知道"的淡
定，对着面面相觑的我们说："他心里黑暗的东西太深重，就让他先哭一会
吧。"哇，大师这个你也知道？果然很准！等逊哥情绪稳定下来，大师拍拍
他的背，从怀里掏出一串菩提子念珠，塞给逊哥，说这是某某高僧开光过
的，因缘际会到了，就转送给有需要的人吧。

经过这一茬，我们都以为逊哥从此以后脱胎换骨洗心革面了，然而，
逊哥还是一副衬衫不系扣、露出一身横肉和一串长念珠、活脱脱的花和尚形
象，酒肉照吃，妹子照样调戏，猥琐依旧。

逊哥走后，又来了个要喝酒的鑫第。在苏州，我是和晓晓对着小臭河在
丝瓜架下喝小酒，在内蒙，则是就着篝火大碗喝酒。最猛的一次是，我和鑫
第帅帅三人喝了两瓶本地白酒，这酒是上街买鱼饵时顺便带的，52度海拉尔
纯粮白酒，十来块钱一大瓶，是本地牧民常喝的烈酒，喝了那一次，再也不
敢尝试本地烈酒了。在草原上常常流传着酩酊醉汉喝酒喝猝死的故事，据说
在海拉尔地区，冬季死亡事故比例最高的是酗酒冻死，酷爱喝酒的本地人端
起酒杯就没了数，喝多了回家，醉醺醺地走在路上，一个跟头栽下就再起不
来了。冬季的呼伦贝尔零下40度，许多酒鬼就这么不知不觉地冻死在外面。

东风牌敞篷车与采蘑菇

老邢是在旅舍初建时跑运输帮工的朋友，他有一辆东风牌货车，没活的时候，经常岔路来店里遛弯，有时还帮我们做饭菜，做他在部队里练出来的大锅菜，让我们感受到了东北菜的大手笔，盐和酱油使劲儿放，齁死一个算一个。在九月初，草原蘑菇正多的时候，他来消息说，准备好装蘑菇的水桶和厚外套，第二天凌晨四五点来载我们去采蘑菇。

老邢在海拉尔待了许多年了，算得半个本地人。天没亮就要出发，为的是赶早占先，因为本地的老人们都知道哪一片草坡哪一片林子有蘑菇，占得先机才是硬道理。店里就留下晋哥守家，我们全部出动，翻进敞篷车厢里，大家顶着寒风，缩着脖子挤坐在一块，相互靠着继续睡回笼觉。车子一颠一颠，把瞌睡都颠散后，正遇上日出。坐在敞篷货车上看日出，大家坐起来抻抻腰，精神抖擞地又开始嚎《呼伦贝尔大草原》了："我的心爱在天边/天边有一片辽阔的大草原/草原茫茫天地间/洁白的蒙古包散落在河边……"车子出城往西旗方向开了几十公里，然后转进了一条车辙隐现的小路。

我们的豪华敞篷沿路还捎了好几个装备齐全的采蘑菇大婶，军衣外套，防风头巾，大挎篮，小镐锄头，看样子是采蘑菇专业户了，本想下车后尾随她们采蘑菇，分得行家一杯羹嘛，没想到一钻进林子她们就不见了踪影。

这是一片有很多小白桦树的林子，并不茂密，相距几十米彼此都能看到身影，大家放开了胆钻林子，捡根长树枝当手杖。一开始老邢就给我上过采蘑菇攻略课了，这种林子里的蘑菇只有一种，本地人叫口蘑，成片得生，也就是群居，颜色和沙壤接近，而且多数还埋在土里，采这种蘑菇要靠缘分气场，感觉这一层腐叶朽木下有，就扒拉开来看一看，只要发现一朵，周围肯定还有很多它的兄弟姐妹七大姑八大姨，务必要清扫九族，一朵不落。

要是发现了一丛，欣喜地无以复加，先嚎几嗓子："我的心爱在天边，

家门口就能采蘑菇，草原白蘑大丰收

天边有一片辽阔的大草原，啊，好多蘑菇！桶在谁那儿？赶紧帮老子把桶提过来啊！"然后再趴地上，一点一点地把方圆几平方米都刨一遍，把每个蘑菇边的沙子都刨开，乖乖露出它们的头，一个一个蹲在沙场上，等着被点兵点将。

回去时，我们收获了半桶蘑菇。为了尝鲜，一回到旅舍就下厨房弄早餐，做了一锅蘑菇汤面，鲜是很鲜，就是沙子有点多了。新鲜的一下子吃不完，只好剪去菇蒂，摊太阳底下晒干后，我们吃了一锅美美的小鸡炖蘑菇。

其实比口蘑更味美的是门口的草原白蘑，九月下霜后，门口草地的柳树草丛里，一夜冒出许多胖胖的白蘑菇，刚开始不敢采，后来经过与相关资料多方比对，大家壮着胆子把它们归为草原白蘑。而且放羊的老倌说过，屋门口这一带秋天都会产蘑菇，村子里经常有人过来采。那估计就是这种白蘑了，我怀着舍命尝鲜的吃货态度，做了一道蒜茸煎蘑菇，只用油、盐和蒜末，其他都不用，一朵一朵地煎出来，味美非常。套用当时我们厨房里自夸的一句常用台词——每次出锅后试吃，食物还没咽下去呢就开始眯着眼睛昧着良心地念这句台词——"啊，多么美味，这难道就是传说中的幸福的味道吗？！"

蹭住蒙古包

伊敏河开阔起来，河面忽然泛亮了，雨水骤多，彩虹常有，气候暖起来，这意味着，呼伦贝尔的美妙夏季来临了。趁着店里还没忙碌起来，我和七七眼神一对——偷偷翘班出去玩吧！于是撇下逊哥和松涛，威逼利诱说服他俩留在店里，我们背着帐篷和一点点干粮就出门了。

没想过要去哪里，想着搭车到哪咱们就去哪。第一次搭车就遇上了海拉尔市"驴友"俱乐部的王哥，把我们带到了旅游点——金帐汗部落，他忙着要去拜访老朋友，我们不好意思打扰，匆匆告别。沿着莫日格勒河走，往水草肥美的上游走，穿过一层铁丝防护网，找到一片平坦的高地，面前是条牛轭形状的河湾，远处有马群和高大的牌坊，我们犹疑着会不会已经进入别人家的旅游收费区了？但又没人来收票，管他呢，先扎营吃个午饭睡个午觉。

呼伦贝尔的夏天被誉为消暑胜地，但真相是光照强烈的草原闷热无比，除非进到厚厚的毡子蒙古包里去。我俩躺在帐篷里，看对面的棉花云，平缓的草原，远处连绵起伏的山坡，线条流畅，满眼草绿，活生生的Windows桌面呀。翘着二郎腿，脚丫子伸出帐篷外，大脚趾指向那条曲线优美的河湾，得瑟地发了条微博——草原上睡午觉，无比惬意。过了一会才知道我错了，草原上天气变化快，下雨前闷热无比，蚊子飞出草丛外，四处乱窜，我俩关上帐篷门，地面的暑气蒸上来，洗桑拿一样。帐篷一打开，蚊子轰炸式窜进来，只好喷驱蚊液、花露水，可是这些对草原上的蚊子根本起不了作用，倒是把自己熏晕了。外面烈日当头，没法待，可是帐篷里也好不到哪里去，卧立不安。眼瞅着乌云从头顶上滚过，没一会，对面就开始下起暴雨来，还没反应过来，大雨点已经敲在头上的帐篷顶上了。

我们完全没想过会下大雨，帐篷扎在一个小洼地，暴雨下得猛，周边排水不畅，反倒灌进来。但这时候已经没时间抱怨帐篷质量好坏，七七和我蹲

扎帐篷遭遇暴雨突袭

在帐篷里，一个劲用手捧着手往外舀水，东边舀完还有西边，护着背包，弓着背四面受敌，七七和我互看一眼彼此的狼狈相，哭笑不得——我想没有比这更差的草原午觉体验了。

雨停之后，我们才收到草原的真正礼物。白云洁白如新雪，河面亮堂堂，照映出云卷云舒，草原焕然生机，光影层叠，云朵的阴影像一只大手，匀匀地拂过每一寸地表和绿草。

从金帐汗搭车返回，我一路在物色适合扎营还能躲雨的好地方，在乡道和301岔路的地方，有座空着的蒙古包。我们俩下了车，走过去考察一番，蒙古包里除了牛羊粪，空空如也，周边没有河流，也没有人家，想着以前店里那两只狼崽子（旅舍曾养过两只小狼，老三朋友送的，后来看着小狼不习惯豢养生活，又退了回去），觉得草原狼不只是传说，我俩有点心虚，于是决定换个地方，继而跑到国道上去拦车。出门忘记带地图，完全没有方向和目标，司机说去哪我们就去哪个方向，只是不进城，沿路看见顺眼的地方就下车。师傅他尽管听得有点晕，但还是搭上了我们。

看见八一牧场后，我们一下就锁定了这一片草原——非景区，有散落的蒙古包，牛羊马成群，一看便知是纯正的牧民人家。下车后我们朝着最近的一座蒙古包走去，人未到，藏獒先叫起来，主人出了包，坐在门口等着陌生人。

走近一看，心凉了半截，这家蒙古包的主人，是一对奶奶、伯伯年龄级别的母子，这会儿都是一副醉醺醺的模样。我心里打鼓，和他们说明我们的身份，询问是否可以在他们蒙古包边扎个帐篷，怕他们误会，我还特意强调自己带了帐篷睡袋的。我和七七都担心他们不会答应我们，因为很明显他们

雨后宁静的草原

鄂温克奶奶与她的蒙古包

喝多了。

　　大伯揉揉脸，睡眼惺忪，奶奶先反应过来，但是她说的却是蒙古语，我们一句也听不懂。好在点头的意思看懂了，我俩立即铺开帐篷，准备扎营，生怕他俩一时改变主意，更怕风雨骤来。怕什么来什么，帐篷刚扎好，雨点又下来了。

　　奶奶笑眯眯地看着我们做着这一切。下雨后，她过来拍我们的帐篷，示意我们跟她去蒙古包里。我们怕给她添麻烦，没敢去，虽然心里非常想去。

　　第二次奶奶带来大伯，再来拍帐篷，大伯会一些汉语，虽然说得很别扭。他们坚决要我们进包里头，说夜里外面有大雨，还有大狼。看着他们这么热心，我们就厚着脸皮进去了。七七和我的外套、裤脚、背包、睡袋都是湿的，奶奶打开蒙古包中央的铁皮灶灶门，添了一堆干牛粪，叫我赶紧先烘干衣物。把睡袋都打开来，挂在炉灶上方，所幸湿的地方不多，没用多久就烘干了。

大伯酒醒了，和我们聊开来，顺便给我们和奶奶当翻译。他们一家是鄂温克族人，周边的两三个蒙古包住的都是亲戚，女儿女婿，小儿子一家，在十几里外的镇子里有砖瓦房，冬天的时候就回那儿。这里是六月到

草原里吃奶皮子长大的"一坨儿"

十一月的家，因为牛羊马就在这几个月吃得饱饱的，长膘长肉，挤奶卖钱。

海拉尔的导游都说，牧民家其实都是百万富翁，算算他们的牛羊马资产，可了不得啦。其实真实情况是：牧民家的牛羊马都是固定资产，每年冬天要出一大笔草料饲养钱，半年长的漫长冬季，什么活都干不了，一家老小人畜都要吃饱穿暖，遇上白灾或者牲畜病疫就更艰难了；夏季放牧生活非常劳累，接生小羊羔，黑天白夜地照料它们，每天早上四点钟就得起床，把牛群赶回来，挤牛奶做早饭，男人们在外送奶放牧，女人们在家照料起居和小羊羔，一直忙到晚上八九点。我环视一圈奶奶家的蒙古包，家具设施非常简陋，三张行军床，一个铁皮炉灶和烟囱，两个老柜子，草原用水用电很麻烦，水要从城镇里拉过来，几十里的路程，电得自己发，小型的风力发电，用蓄电池蓄着。家里橱柜里，除了几个大饼，一桶奶渣，没有看到其他食物。

虽然要通过翻译才能相互沟通，可奶奶还是非常健谈。奶奶年轻时学过护士，最远去过一趟青岛，见过大海。说起大城市，奶奶说她过两周要去一趟海拉尔，参加她外孙女的婚礼，我便和奶奶互留了电话号码，给奶奶手机存上我们的号码，并叮嘱奶奶去海拉尔时记得找我们。晚上的时候，奶奶的女儿女婿、孙子们过来了，坐在我们对面，七七和我很不好意思，他们似乎更不好意思，只是腼腆地笑，一句话也不和我们多说。

我是属马的，我和他们是好朋友

　　旁人走后，大伯和他的妹夫又喝了起来。妹夫是东北人，交流没有阻碍，有了这个得力翻译之后，我知道的情况才多了。原来这一家并不是土生土长的草原人，他们鄂温克族本来是住在山林里，大伯年轻的时候，过的是打猎生活，后来封山育林了，他们一家才搬到这里来，开始游牧生活的。奶奶这一家，既信萨满教，又信喇嘛教，大伯年轻的时候去过青海西藏，在拉萨待过一阵子，我念了一段我在大昭寺学的经给他听，大伯一脸开心，还俯

下身找来一个铁盒子，扭开开关，原来是佛经诵曲。

屋里没有手机信号，我出门找信号，这时候已经是九十点钟了，露水已经下来，天地旷野，一片清凉。抬头看见对面东山上升起一轮苍黄的大月亮，头顶的夜空，深蓝天鹅绒一般，牛马就在门口不远处安然地吃草，能听到它们清晰的鼻息和咀嚼声。

我很好奇，牛马晚上不用睡觉的吗？回屋问大伯，他回答说是睡觉但是睡得很少，因为趁着现在牧草好多吃一些，像牛吃累了，就会躺下来休息再吃一遍（反刍）。而马你知道它是怎么睡觉的吗？——它们都是站着睡觉的，还睁着眼睛。

我们睡前跟奶奶大伯说定了，明天一早挤牛奶时一定要叫醒我们，虽然不会，但也能帮着提提桶打打下手。第二天醒来时，奶奶他们早已起床了，她正忙着烧水，一问，原来牛跑去山坡对面，大伯他们追牛去了。这个早上挤不成牛奶，我们看着灶边没了烧火用的干牛粪，便自告奋勇去搬。屋外达达车边有一垛干牛粪，据说草原上观察一个主妇是否勤劳能干，就看她家的干牛粪垛子有多高。草原的牛吃的是清香绿草，拉出的牛屎估计也不会脏到哪里去吧，我就徒手端了七八饼晒干了的牛粪，鼻子凑过去闻了闻，有机牛屎也还是挺臭的。

奶奶家还养了一只猫，吃奶皮子长大的猫，名字叫"一坨儿"，一点也不怕人。在有露水的草原清晨，我给它拍了很多照片，还有我们和奶奶的合照。店里有事，我们没吃早饭就往回赶了，七月初的油菜花正舒展花蕾，坐在车里一路驰骋过去，满坡的绿黄剪影。七月中旬的时候，这一段公路肯定美不胜收。

在离开呼伦贝尔后，我常常回想起鄂温克奶奶，我总觉得对不住，欠了他们什么。我想，我还会再回去一趟的，带上他们的相片和烈酒，学一首蒙语歌唱给她听，希望她和她的蒙古包还留在那个老地方——"在那风吹的草原，有我心上的人，风啊，你轻轻吹，听她忧伤的歌。月亮啊，你照亮她，火光啊，你温暖她。"

深夜还在吃草的牛马羊们

搭车记

在呼伦贝尔搭顺路车，是分分钟的事情。因为旅舍门口就是301国道，一有时间，我们就背上包跑到公路边站定搭车。就我个人搭车经历而言，保守估算，平均十来分钟就能搭上车。相比广西、广东，在东部内蒙古这片热血豪情的土地上搭车旅行，简直是来到了天堂。

有时哪怕只有一个下午的空闲时间，也要搭个车去草原，反正几十公里远，搭车又便捷。去草原上看打草，看卷草机是如何把一堆堆乱草卷进去，然后输送出一个个圆滚滚的大草垛子。很奇怪的是，呼伦贝尔草原的草垛子

搭车时常见的景色

和卉媛搭车出去看草垛子

全都是圆的，而锡林郭勒草原的草垛子全都是方的，这又是为什么呢？在草原坡上发完呆，瞅着时间差不多了就下坡到马路边，一边走一边搭，跟在往回走的奶牛后面慢悠悠地走，不远处还有一朵云在下雨（在草原，经常能看到天空坠着一块大云朵，下雨看得非常清楚）。

我们旅舍里的搭车纪录，最快的是老三，一天时间从店门口搭到了漠河北极村；最壮观的是老周他们四个汉子集体搭到了车；最走运的是我在临江老鹰嘴去往太平川到莫尔道嘎的林子里被捡了，而且居然是四个广东人捡了我；最八卦的是嘉乐搭上一辆车，蹭完饭离开后发现背包侧兜里被车主塞了200元钱，回来后我们一群腐女阿姨对嘉乐一阵八卦，审问是不是那个怪蜀黍

路上的快乐

看上你这个小正太了；最有成就感的搭车是我和哈斯从满洲里回旅舍，途中爆胎，幸亏哈斯会换胎，赢得车主师傅感激不已……

"萨白诺"，蒙古语，意思是"你好"，要是搭上蒙族人的车，这一句还是很管用的。蒙古族人的爽朗大方有口皆碑，而且搭上少数民族朋友的车，也更加好玩。我和老三有次去满洲里，搭上一个布里亚特族大叔的车，聊得兴起，为了换取大叔唱首原生态老民歌，我俩先给大叔唱起歌来，一人一首《呼伦贝尔大草原》、《鸿雁》，唱得大叔眉开眼笑，就着方向盘打拍子，大叔拗不过我俩，给我们唱了一首《雕花的马鞍》，途中还特意停车，让我们去荒废的旅游点溜达了一圈。

我有次独自一人从额尔古纳回店里，天已经快黑了，等了一个多小时没人停车。路灯下影子拉得老长，那是我在内蒙古最悲催的一次搭车了，后来有辆小车停了下来，一个蒙古族人面相的司机，正好顺路回海拉尔。待我在副驾驶坐定，他警惕地看着我，问："你背包里露出一截杆子的，那是什么东西？""鱼竿，去根河钓鱼没钓着。""哦，一看我还以为是猎枪呢。"他松了口气。噢，难怪一个多小时没人理睬我，原来如此！我接过话头，苦笑道："从没听人说我像女猎人的，倒真有人说过我长得像女八路。"他"哈哈哈"笑起来，气氛就缓和了。路上，他给我介绍这次是去参加同学聚会，"你们班的班花会参加吗？"他又笑了，"是班花邀请我的，不是班花请不动我。"哈哈，一路上，他给我说冬天的呼伦贝尔。他是纯正的巴尔虎草原的儿子，说他小时候冬季去上学，大雪堵住了蒙古包，推门都推不开，然后以此为借口不去上学。还感叹时光是把杀猪刀，班花一结婚生孩子就不能看了。班里的同学现在都削尖了脑袋往钱途里钻，自己也是，从不敢给自己放个长假。我给他普及了一堂"搭车旅行"的课程，他表示羡慕极了，极力邀请我去参加他的老同学聚会，"给那帮一切向钱看的同学们好好上一课"。

　　店里的两只猫是村里大妈送我们的。有时我们全店出动跑出去玩时，这两只小崽子也要带上。装进背包里，带他们搭车、登山、住帐篷、看大兴安岭的秋景，两只猫分别叫"萨仁"和"娜仁"，蒙古语，汉语是"月亮"、"太阳"的意思。旅舍冬季歇业，我和老三从海拉尔去北京，要带着萨仁和娜仁一起走，我们决定搭车进京。两个人两只猫。两个大包两个小包，每次搭车成功了还要问一下，是否介意包里还带着两只猫，看车主脸色行事，上了车还要时刻担心它俩的拉撒问题，要是来个憋不住，我们就尴尬了，幸好一路上基本都是白天它们睡觉，我们负责搭车，晚上我们在旅馆里睡觉，它们负责上蹿下跳，吵得我们睡不成觉。最让我们恨得牙痒痒的是，最后一天搭上了一辆去太原的车，半路分别，我们被放在张家口的京张高速路上。那已经是晚上九点多钟了，进也不是退也不是，抱着试试的心态，我们一前一后拿着手机电筒互照着，沿着公路护栏边走边挥手，黑灯瞎火高速路上，居然真的有人给我们停车了，一脚刹车踩下去，车往前溜了几百米才刹住，怕人等久了，我们屁颠屁颠跑上去，"你好！是去北京的吗？我们——"话还没说完，萨仁、娜仁跳出包里，跑出高速，躲到防洪沟里了！关键时刻给我们掉链子，我一边揪住萨仁，一边和司机一顿解释打圆场。老三钻出护栏找猫，费了好一阵，才把娜仁揪回来。车上几个人全程没有一丝不悦或者勉为其难的意思，还帮我们开灯找猫，叮嘱我们别着急慢点。到北京后，专程送我们到了胡同口，谢谢好人，好人好报。

离开呼伦贝尔时，我还有好几个心愿没完成：第一个，带上礼物回鄂温克奶奶那里，帮她干几天活；第二个，沿着乌尔逊河走一遍；第三个，在草原上捡半个月垃圾。有次和哈斯从西旗去满洲里，因为时间充足，便在人烟稀少的半道上下了车，沿着203省道步行了一段，边走边捡垃圾，矿泉水瓶子、烟盒、易拉罐、食品包装袋……公路穿越草原，把草原分割得支离破碎，沿路明显看得到地表沙化、垃圾遍野的现象。

和嘉乐搭车去呼和诺尔，在草坡上和放羊的老羊倌聊天，那片草坡是我见过的最能体现"风吹草低见牛羊"的草原，草长得高，我们撒开了蹄子追着马儿跑，吓得它不轻，罪过罪过。和鑫第去呼和诺尔湖，看芦苇荡和偷偷钓鱼。和七七去八一牧场区，蹭住了一晚蒙古包。和杭州妹子卉媛去看牧民打草，摸进草场，在草垛子上遍地打滚。跟着蒙古汉子哈斯搭车去贝尔湖，借他的关系混进边防禁区有吃有喝，在沙滩上扎营，看清晨的太阳在蒙古国的境内升起。和帅帅搭车徒步走根河，来来回回走三遍，钻进落满黄叶

天上散落着白云，地上散落着草垛子

　　的树林子，在大兴安岭防火期，在林区里的小河边生火煮奶酪干炖土豆，看星星与挨冻。

　　那年一起搭过车的人，你们现在散落在哪里？

蓝莓红豆野蘑菇的大兴安岭

呼伦贝尔七八月都是旅游旺季，旅舍里忙得不可开交。直到八月中旬，灰米和猫猫来了之后，我才趁机休了四天假。

来草原的常规旅游路线基本是：海拉尔—额尔古纳—恩和—室韦临江—莫尔道嘎—室韦，走边防线—满洲里—海拉尔。但我出行基本属于抛骰子式旅行，计划全没用，何况是一人搭车旅行，想停就停，想走就走。要是半途看见心仪美景，跟车主告谢，立马下车，"这里既没有旅店又没有派出所，你可要当心啊。"在车主的讶异之中挥手分别。

室韦小镇的黄昏

　　第一天扎营临江村的河畔，旁边的一个自驾旅友团在烧火炒菜，掌勺的张大哥是个热心的东北老叔，把我喊过去一起围篝火吃晚饭，火光照映下，几米远处就是无声流淌的额尔古纳河，两岸柳树下中俄的虫声同唧唧。

　　以前看迟子建的《额尔古纳河右岸》的时候，早对这片山林这条河流心生憧憬，没想到居然有一天，我能够陪在这条静静的河流旁边，仰望同一方夜空，看同一轮日出。早上是被帐篷外的奶牛拱醒的，奶牛大清早来河滩边喝水，见着帐篷新奇，便打着响鼻拱了过来，把我吓了一跳，打开一看是一只小牛，见了人也不怕，转身走几步远，又回头来看我。

早上张哥招呼我，邀我跟他们车一起走南线，我蹭了他们的饭第二天还蹭车实在不好意思，于是找个理由婉言告谢了，急忙忙地收拾东西去了临江街上打听线路。南下是九卡、八卡、黑山头、满洲里。北上线路据说有个大兴安岭深处的小村子，不知道离着有多远。走在村道北口子，见着一辆打草车，方向往北，我兴冲冲地跑过去，一问是去老鹰嘴那边的菜地收割油菜的。一路上我见过不少威风凛凛的打草车，横亘在马路上，走在打草车后面的小车们超不了车，只能干着急，亦步亦趋地跟着慢慢走。这回终于逮到机会了，路线先不管，坐上心仪已久的打草车再说。

车里司机指着额尔古纳河左岸，给我说他们与俄罗斯人接触的故事，以前这边常常拿酒去对面，和俄罗斯人换手表和貂皮大衣，一两瓶普通白酒就能换上一件好皮衣，手表不论只，论捧，一瓶白酒换一捧手表，啧啧。现在不行了，他们也不傻。

我问清楚了路线，临江北上七八公里就是老鹰嘴，到了老鹰嘴还要23公里到太平川（鉴于师傅提供的公里数具体到个位数，对此我就深信不疑了。后来才知道，远远不是这个数字）。沿路车辆极少，要是走路的话得花大半天时间。"那反正天黑前能到吧？"得到他的肯定回答后，我才大义凛然地决定，北上去太平川。临分别时，司机大叔似乎有点对自己提供的信息不太自信，千叮咛万嘱咐，中午之后还没搭到车就原路返回，一个人走林子里头太危险。还给我留了他的号码，说要是出了事打电话，山里手机信号也不好，什么都要注意点。

出了临江村，沿路有大片的油菜地，可惜油菜花的季节早过了。没有人家住户，也没有什么过路车辆，和大叔告别后，我嘴上要强说就算走也要走到太平川去。后来翻了两个大坡，快要进入林区时，我心慌起来，这里半个小时才经过一辆车，而且我又不好意思招手求捡，毕竟走这条线的都是包车族，我脸皮不至于厚到那地步。我犹豫着要不要打退堂鼓，停在路边歇息时，一辆小车驶过去，然后刹了车，走下几个中年人，手里举着相机，朝我这一顿快门咔嚓咔嚓，我心里一顿狂喜，有救了。但是看清楚了对面人数和地方口音，顿时心里凉了半截，一辆小车，他们有五个中年人，而且说着一口粤语（据很多搭车人的经验：东南沿海地区的车特别难搭，特别是广东广西人，他们非常谨慎地贯彻"各扫自家门前雪，莫管他人瓦上霜"的理念，从来不会去多管闲事）。

他们走过来，竖起大拇指夸我，夸得我完全没有自我谦虚一下的余地。末了，其中的一个大哥回过头，向本地司机征询允许，说捎上这个小姑娘吧，司机二话不说，招呼大家上了车。有个大姐给我拿喝的，又给我腾空间，让我大为感动，心里默念，以后再也不贴地域标签了。

一路上，因为多载了一个人的缘故，大家也没有眯眼睡觉的空间，只有一顿神侃了。幸好司机很健谈，讲述他当年做猎人的各种英勇事迹，说起1998年央视报道过大兴安岭特大盗猎案查处后，拔出萝卜带出泥，他也连带受过责罚；又给我们描述以前山林中的飞龙是如何多，甚至野猪、黑瞎子（黑熊）也算常见的猎物，现在连只狍子都少见了。他问我们见过犴吗？我们都不知道犴是什么东西。司机得意地说这是一种只有我们这才有的大驼鹿，很壮实，叫声也可有意思了。说着还给我们学犴的叫声，我想起孙增田的《最后的山神》，似乎他们学的都是同一种动物的叫声。有趣的还有狍子，狍子是种好奇心强烈的动物，它要是听见或者看见新奇的东西，会动也不动地待在原地，你越是七手八脚地扮怪模样，它越是好奇，甚至人到了它面前，它也呆若木鸡地盯着你看，所以狍子是最好逮的笨蛋了。

驶入莫尔道嘎林区后，各种大型林木映入眼帘。大兴安岭不像南方的幽暗山林，它的林中很开阔，白桦和杉树长得挺拔笔直，阳光照射到地面，倒下的朽木和厚厚的落叶层、苔藓都能吸收到太阳光。司机和我们聊天提到黑瞎子，说外地朋友雨夜开车走林区公路，半路横遭黑瞎子，没有经验错误地打开前照灯，灯光激怒了熊，黑瞎子奔上来一掌拍碎了挡风玻璃，接着再一掌扫下来，掀开了司机的天灵盖。他聊到这儿，一个刹车踩下去，话头戛然而止，打开车门一个箭步下了车，害得大家吓一跳，四处一探，没有什么动静呀。接着看司机，他已经走进路边林中的一条小沟壑边，手里举起一小块东西，对着我们喊：赶紧过来采蘑菇！原来是蘑菇啊，走到司机旁，我们好奇地问他，怎么知道这里就有蘑菇？司机得意地跟我们说："我在兴安岭长大的，找蘑菇不用眼睛，鼻子一嗅，就能知道哪里有蘑菇。"这倒是真的，司机突然下车采蘑菇好几回，没有一次让我们双手落空过。除了蘑菇，司机还给我们找出了野生蓝莓。这是一种不起眼的小灌木，一株树上结果数量很少，一个枝头有一两颗就不错了，蓝莓外皮上挂着层薄薄的粉末，尝起来酸酸的，跟平常吃的甜甜的蓝莓罐头和干果完全不一样。

到了太平川，我才暗地里为自己的头脑简单感到后怕，凭我背着包一天徒步走到太平川是不可能的，要是没人陪我，半路上驻扎在林子里过一晚，即使没有野兽打扰我，我也会被自己吓死的。

太平川离莫尔道嘎还有上百公里，前不着村后不着店，一派隔绝人世的样子。村子很小，除了村头有一排卖木耳了、蘑菇、灵芝等大兴安岭特产的摊位，稍微有点商业开发痕迹外，完完全全像一个坐落在大兴安岭深处的童话世界——保存完好的木刻楞老房子，用油漆刷成蓝色或红色的屋顶门

大兴安岭深处的村庄——太平川

窗，屋前门后种满了盛开着的波斯菊和向日葵，菜地里大葱、西瓜、南瓜长势正好。有一条小溪穿村而过，村中很静，大多数村民趁着夏季，骑着摩托车去森林里采蘑菇、挖山货去了。

从根河回旅舍，有两条路，近的一条是根河—额尔古纳—海拉尔，曲折一点的就是根河—图里河—库都尔—牙克石—海拉尔。我想着额尔古纳我已经烂熟了，便决定走后一条林区公路，一般私家车多数走前一条，对于后一条我心里没谱，不过查了查即使搭不到车，我还可以选择铁路（后一条线路沿线有客运铁路，秋意浓的时候强烈推荐这条路，轻轻松松便能领略兴安岭林区原始小镇小村风情）。在图里河好不容易搭上一辆车，上车前我便提前打好招呼：我也不知道去哪里，反正是这个方向，沿途哪里风景好我就在哪里下车。

车依次途径图里河、西尼气、新帐房，每个站我都想下去，但还是一心想着接下来会有更好的地方吧。这种心理就像心灵鸡汤中捡最大稻穗的小和尚，最后捡回一根最小的稻穗。可是我却不是，在车快接近乌尔其汗的界线时，我看见车外马路边有两三片金黄的广阔麦田，作为一个从来没见过金黄麦子的南方人来讲，我对这片金黄色没有丝毫抵抗力，我的第一个想法就是，一定要在这麦田中间扎一次营。麦田中央还有一户人家，这简直就是我扎营的梦幻之地啊，于是我请求车主停车，和他告别了。

八月中旬，正是麦子收割的季节，这片麦田窝在一块小盆地里，三面都是白桦林，一面正对着马路，中央是四个房间连成一排的小平房，侧面带着一块菜园子。从马路到平房，大型收割机割了麦子，开出一条铺着麦秸的大路来。我背着包踩着麦秸上，准备选在菜园子边的大路旁搭帐篷。放下包，我犹犹豫豫地想着，怎么着也得和房屋主人打个招呼，征得允许才算礼貌吧。我还没走近大门，屋里果然有两头恶犬，扑到铁门边，朝我一顿狂吠。看来没有人在家，我只好自作主张，在菜园篱笆边支起了帐篷，太阳特别毒辣，晒得我晕乎乎的，只好洒点水钻进帐篷里睡午觉。

在路上，看电子书，正好看到海子的诗，"麦地/别人看见你/觉得你温暖 美丽/我则站在你痛苦质问的中心/被你灼伤/我站在太阳/痛苦的芒上"。在金黄饱满的麦田中央睡一晚，多浪漫多文艺的事情啊！——不一会儿我发现，事情完全不是这样的，麦田由于开了条道，收割了部分麦子，许多莫名其妙的小虫子到处飞，只好全面封闭帐篷，但是空气闷热难当，像根河地区这种季节，昼夜温差相当大。头发好几天没洗了，闷热一蒸，全身上下都难受。下车之前，我见过有条河流的，看地图就在附近，叫库都尔河。我拿出贵重物品，背上小包，决定去那条河边看看。在马路不远处，有一处林业检查站，我试图上前去打探一下是否能充个电，相机早已没有电了。去了那里，又解释了好一通搭车旅行的概念，他们给我指了一堆"景色优美"的地方，什么根河的敖鲁古雅基地，什么火山池，又说不远处的那条河确实也可以。给我指完方向，末了一句说"我们这里还没有通上电"，我四处张望了一下，确实没有电线杆。想想我这辈子还没有住过没通电的村子呢。

到处走走才发现，这实在算不得是一个村子，顶多是一个农庄，除了那个小小的林业检查站，目之所及只有两三户人家，肥沃的田地却广袤无边。穿过一条铁路，来到了地图上标识的库都尔河。它从山林里流出来，在这片小平原里绕了好几个马蹄弯，拐弯处浅滩光洁，河水清凉，我洗了个头发，坐着石头上等着晾干。天地间特别静谧，听得见的只有对面河洲的野雁鸣叫声和水里的鱼逆流划破水面的嘶啦声。寂寥的平原里，麦浪翻涌，要是冬天的话，这里又是一幅怎样的景象呢？

要不是下露水的傍晚时分，蚊子成群从麦子地里飞出来吃露水，我真想在河边多坐一会儿。回到帐篷处，正见着好几个人围着我的帐篷看，大概是干活的人回来了。我自然又是一通解释，完了问农场主，我可不可以在这麦田里扎一晚帐篷？主人豪爽地大手一挥，准备吃晚饭了，先跟家去吃饭吧！我想着包里干巴巴的饼干，看看他们一脸真诚，就屁颠屁颠跟去屋里吃饭了（我跟老乡从不讲客气，只跟穿戴整齐、人五人六的城里人很讲客气）。

主人家点着蜡烛吃晚饭，饭菜简单，碱面馒头，咸菜头，腌糖蒜，炒南瓜，茄子炖土豆。桌上所有的食物都是自己种的。几个中年大叔喝啤酒（平常不怎么喝，今日是因为来了两三个农忙帮手），煮饭的大娘热情地给我夹菜。虽然菜有点咸，我也愉快地吃了两个馒头。

勒勒车和手持套马杆的我

吃完饭，我帮着大娘收拾碗筷和厨房，她告诉我，晚上不要在外面睡帐篷，很冷，年轻时着凉不觉得，到老了病根就落下了。她带我去她房间里看，"条件虽然不太好，但是还算干净，我很欢迎你住我这，只是你别嫌弃。我的女儿也和你差不多大，将心比心，要是她在外面这样苦，我肯定不好受。"话都说到这个份上了，我放弃了在麦田里扎营的念头，抱来睡袋和大娘一起睡大炕。没有电视机，大家每天吃完晚饭，洗刷一下就上炕睡觉了。太早了睡不着，大娘问我是想听收音机还是想聊聊天呢，我当然是愿意和她聊聊天了。我很好奇这里的冬天怎么过，冬季那么冷！（根河地区是全国最冷的地方，比漠河都要冷，西伯利亚寒流长驱直入，这里零下50度不是稀罕事）她告诉我，她只是这个农场里的亲戚雇工，这里收完麦子她就回库都尔老家了。这里的冬季足足有半年，昼短夜长，而且冬天大雪几十厘米厚，出门不便，只有每天窝在家里烧暖气、看电视、织毛衣。等到开春后，再过来农场这里，帮忙做饭、洗衣、干些零碎的杂务。最远去过一趟哈尔滨，那已经是十几年前了。她最想去北京，去天安门广场前看一看（我想着要不要到北京后给她寄一张明信片，但手机没电，而且那时已经吹灯睡下了，不方便吵扰她起来找笔找纸，我就想着等第二天，结果第二天我把这事给忘了，十分懊恼）。

第二天，我一大早醒来，轻手轻脚出了门，跑步去白桦林，看一看大娘说的那种景象。白桦林外腾起一层雾霭，缠在林子外，像牧民们的白色哈达。但是等太阳完全升起来后，雾霭就消散殆尽了。果然像期待中的那么美，我心满意足地看完了，跑步回家。归途中正对着升起的太阳，满心的欢欣雀跃，这种身心明亮，是我长大以来从没有过的体验，我深深地怀念这种上路的感觉。

回去后，我自觉地找到扫帚扫了一遍房间和部分庭院，等打扫完大娘把早餐也做好了，我连忙端碗上筷，农场主直夸我勤快，说他儿子不及我十分之一。我老老实实地说，其实我在家里也很懒的，也不干活，总被爸妈嫌弃，说得他们哈哈笑。

早餐吃完，农场主极力邀请我多住一两天，说他今天有事情去一趟城里，回来时顺路带点鱼肉回来，给我做顿好吃的。说着他拿起锄头走向屋后麦地，我问他去干什么，他说去刨土豆，送点新土豆给城里的亲戚。我帮他提着柳条篮子，穿过庭院和机器仓库，去了屋后那片麦地，这一片麦子尤其长得好，在瓦蓝瓦蓝的天空下，麦芒挺拔，颗粒饱满，白色的白桦林和金黄的麦穗交相辉映。走过仓库时，农场主给我说起了他的农场故事，他是山东人，后来来到东北，由最初没有立足之地，到现在这一片数千公顷的农场，这一路艰辛道不尽啊。

土豆长得很浅，几乎不用深挖，轻轻一起，抢去土块，就是一颗自产有机好土豆。他对着挖出来的黑土，意味深长地说，要不是这一片肥沃的黑土地，我不知道早死在哪个年头了。他指着麦子背后的那片林子，换了个愉快的口气说，这个季节，麦子熟了，林子里有人去采蘑菇采红豆（一种森林里特产的野生水果）。其实这里冬天也很好，在前些年这些房子还没建好之前，只有旁边这一座大仓库，冬天下大雪，过个几天就有野猪集体下山找东西吃，找着找着就找到我家来了，我在仓库门外倒上几筐麦子，引得贪吃的野猪一直吃进仓库里，到时候仓库门一关，野猪就上钩了。等会带你看看我养的野猪二代，就是那些猪和家猪的杂交猪崽长大的，肉的味道比卖的要好多了。后来我去看了，果然那些猪都有长长的嘴，和坚硬的鬃毛。

那达慕和祭敖包

跑进草原深处，参加宝格德乌拉圣山祭敖包——最原生最本土的蒙古节日，草原上一丛丛蒙古包和帐篷，一拨拨蒙古帅哥汉子，烧烤喝酒，躺下来满苍穹都是星星，银河如练。伸手可及的星辰啊，自由与平静——这是多么美的东西！"

——2011-08-11，我的微博

草原的夏季节日众多，最为世人知晓的就是那达慕了。在内蒙古，每个盟、旗的那达慕时间都不一样，要是夏季在内蒙东部大草原游荡，那么多大大小小的那达慕，即使不知道节日信息，也准能碰上一个。

呼伦贝尔市的那达慕会场在市郊的草原上，离我们旅舍只有八公里路程。2012年的那达慕是七月中旬，已经是正式的第三届呼伦贝尔那达慕了。

马背上的蒙古族祖孙俩

举行那达慕的那几天，旅舍住客爆满，睡不下的就在客厅睡坐榻、睡沙发、门口扎帐篷。那达慕第一天，店里找了车，扛着国际青年旅舍的红色YHA标志的大旗，大家分批组队，浩浩荡荡地赶去那达慕会场。

人非常多，郊外国道都堵车了，甚至会场通信信号占道，手机都没有信号。会场里三层外三层，大部队虽然六七点钟就已经先去占据有利位置了，YHA大旗一插，霸气十足，但是我们还是考虑不周全——应该学着当地人，带上一块大桌布，地上一铺，那块地基本就没人敢抢。大旗插着也不管用，一不留神，我们的位置就被挤压缩水了。我和松涛脱离了大部队，晃荡到骑马备赛区，去看英姿飒爽的蒙古汉子和蒙古马。

标准蒙古汉子的脸庞

骑马选手分批集合在候赛区，壮汉少年皆有，都穿着蒙古袍子，足蹬皮靴，踩在精致的马镫子上，一手勒缰绳，一手执套马杆，威风凛凛，不禁让人想起草原帝国的风采。看着骑手们调整马头，排成一列，挥舞着套马杆，汉子们的呐喊，赛马的嘶鸣，在这热血沸腾的场面中，我多希望自己是个草原男

那达慕大会上手持套马杆的汉子

孩子，然后18岁的时候，阿瓦（爸爸）送我一匹马，给我指一个远方。

　　游客多，越野车多，长枪短炮单反多，那达慕俨然已经成为呼伦贝尔市旅游业的一块金字招牌了。但是祭敖包完全不一样，老三早早打听好了祭敖包的日子，做好完全准备等着这个节日，她甚至为此订做了一套蒙古袍子！虽然我们谁都没有参加过祭敖包，但是还是隐约感觉到这个节日对蒙古族的重要性。

　　祭敖包的地址在离西旗（新巴尔虎右旗）40公里远的宝格德乌拉圣山上，离海拉尔有两百多公里，为了赶上节日，我们提前一天开车去往宝格德乌拉。

　　一路上，我们还是担心老三会不会把日历算错了，因为海拉尔市里没有什么关于祭敖包活动的大动静，直到我们的车开出新巴尔虎左旗，路上遇

后面是两条天路，通往山顶的敖包

见一辆辆霸气十足的摩托车，车上载着蒙古人，全都穿着簇新簇新的蒙古袍子，风驰电掣般地开往西旗方向，我们心里才确信日子没错。超车相遇时，很明显看得到车上蒙古人的兴奋劲儿，他们会很热情地和人打招呼——"萨白诺！"

"萨白诺！"我们也热烈地回应他们，他们这股子兴奋劲儿把我们也感染了。

在203省道，有路标提示左转进入宝格德乌拉，节日那几天，也会有交警守在路口边指挥交通。左转拐进土道，开出大概二十公里就到了宝格德乌拉山下。我们已经算去得晚了，山下已经扎满了蒙古包、大小户外帐篷，这些并不是游客，都是散落在巴尔虎大草原上的牧民们（或者是已经搬迁到城里居住的蒙古族人），全家出动来到敖包山下，亲朋好友们借着祭敖包的机缘，在草原深处圣山又相聚一堂。

趁着天还没黑，我们四个分工合作，我和老三扎帐篷，丹哥和卉媛生起烤炉炭火，拿出准备好的羊肉串、鸡翅等，铺开地垫，一顿好吃。吃饱喝足了大家收拾完东西，锁好车门，去另一头的临时店面看一看。

逛了一圈，我们才后悔不迭，早知道有这么多临时小吃铺，我们才不带那么多烧烤材料，一顿麻烦。临时街道上，一溜儿手把肉、羊肉面摊贩，灶火烧得旺盛，一口大锅里热气腾腾，满路弥漫着草原肉香的味道。还有露天的卡拉OK、卖牧民日常生活用品的地摊。走着遇见一个大毡房，人们排着队买票入场，我们好奇，蹭过去凑热闹，原来是大名鼎鼎的"江湖卖艺"！和满满一屋子的蒙古族人排排坐，伸长了脖子看单手劈砖、吞剑喷火、长矛刺喉，每表演完我们就奋力拍手，起哄叫好再来一个。

　　这里有卖影碟、收音机的，我走过去摊贩向我推销齐峰的歌碟，他的歌似乎是蒙古人家汽车VCD的必备曲目。还有内地城市常见的"平安豆，平安豆，平安豆保平安"，这些都让我想起草原上流传的故事，说汉人都太精明了，以前常常发生汉人拿大葱或白酒去和牧民换羊的事情，牧民们也不去算计值不值当，长生天在上，喝了酒就是朋友，朋友是不会去算计朋友的。一

借祭敖包的名义烤羊肉串

谈起与内地汉人做生意，他们都要敬而远之，"汉族人他们，厉害的。"

亲近大自然的民族都有一股天真气，为了参加祭敖包，不辞辛劳数十上百公里赶来，有的甚至带着家当和活羊，当天宰杀祭献敖包，有的还捐献积蓄给当地寺庙。在我看来，蒙古族是一个快活的民族，可是骨子里又透着苍凉，正像快活明亮的《酒歌》，又有哀伤的长调，这两种气质矛盾又和谐。在这种"天地辽远独一人"的草原的孤寂生活里，也许人们更懂得欢乐的意义。在这片草原深处，陌生的人见了都是热情的"萨白诺"，一句句"萨白诺"此起彼伏，蒙古族人欢乐起来的气氛，别具感染力。夜里，我们贴着草

清早起来准备祭祀品的牧民们

原，睡在帐篷里，听着附近扎营的蒙古族人欢歌笑语，大碗喝酒大口吃肉，通宵达旦地庆祝着他们的欢聚与丰收。

　　第二日天微微亮，周围的蒙古族人就起来忙开了，忙着宰羊割肉，煮大块大块的手把肉，备好祭祀品，准备在高僧诵祝时，献上去以示心意。在山下扎营的人们、当天驱车赶过来的人们，纷纷扛着柳条，提着糖果奶食品上山祭敖包。蒙古传统有着男尊女卑的思想，祭敖包也是，主敖包不准女性上去祭拜，侧面的矮坡设置了一个副敖包。上山的人络绎不绝，从山下望去，两条穿着各色蒙古族袍子的人流蜿蜒成两条天路，直通向圣神的山顶敖包。

据说，围着敖包转三圈，祈祷就会成真。在南峰小敖包边，一群虔诚的蒙古族妇孺围着敖包，一边撒牛奶糖果，一边口中低声祈祷，老三、我和卉媛三个汉族姑娘，看着她们和她们信仰在一起，心里涌起万般感触。于是我们仨动手帮敖包旁的尼姑捡钱币，祭敖包的人转完圈后，会把剩下的祭品和礼钱统统放在山坡上，拿一块小石头压住，以此来献给他们的长生天，当地有佛僧尼姑把祭献的钱币收集起来，捐进功德箱里。坡下散落着不少废弃的水瓶和食品包装袋，我们尽力捡了一圈垃圾，就当是自己对这片美丽草原的敬谢了。

下得山来，敖包山下有高僧主持的念经祝诵仪式，人们端着大块的肉和羊头，甚至煮全羊，跪坐在祝诵台下，有僧侣走过来，给人们的祭礼上撒下藏红色的粉末。仪式结束后，山下运动场里还有一轮那达慕，骑马、射箭、摔跤，蒙古族汉子都生得膀大腰粗，这个马背上的民族，在长生天的庇佑下，从小就有着健康壮实的体格和魄力，高原阳光照耀着辽阔敞亮的草原，也照耀着他们辽阔敞亮的胸怀。

临回去之前，我们遇到一对蒙古族祖孙。爷爷胡子花白，孙子估摸四五岁的样子，爷孙俩分别骑着两匹高头大马，威风凛凛地走过我们帐篷前，我举着相机追了过去，爷爷见了，勒紧缰绳，叫住孙子也停下，冲我打招呼，友好而又爽朗地笑，任由我一顿拍。

旁边的牧民拆下了蒙古包，毡子和支架装进货车里。对牧民来说，美好的节日欢乐总是短暂的，而苍茫的寂寥才是常态。

献祭祀品的牧民们

秋天的呼伦贝尔

呼伦贝尔除了绿野茫茫的夏季，还有着不为人知的另一个绝美的季节。那就是森林色彩斑斓的秋景。九月上旬，白霜一降，树林就迅速换了装。这个季节游客稀少，大部分"驴友"也都挤到新疆去看秋天了，有次路遇一个摄影师跟我说，呼伦贝尔的秋天与新疆比起来，其实可以说毫不逊色。

呼伦贝尔的秋天，比夏季更加短暂，因为冬天来得特别早，一般九月底十月初开始下雪，一下雪，叶子就全落了。所以看秋景得有分秒必争的精神头，住在城市里，往往还没觉察到，秋天就错失掉了。幸好我们旅舍门口有一排高大整齐的杨树，它们为我们站岗放哨，把守着秋天的到来。大雁排阵飞过伊敏河，门口道边的杨树叶子黄到了树梢儿，这时就该动身去看秋天了。

出发前我的打算是：海拉尔—根河—漠河，然后搭火车南下，沿着我夏天走过的根河—图里河—库都尔—乌尔其汗—牙克石这条线，坐在慢悠悠

的绿皮火车里穿越大兴安岭。可是一进入根河沿岸的林区，我们就放弃了计划——与其赶路、赶时间、赶"中国最北端"，还不如停下来三千弱水只取一瓢饮，于是我和帅帅就花了三天时间，沿着一段百来公里的根河，来来回回走了好几遍。徒步穿越落满斑斓树叶的林子，疏朗的林间铺满层层金黄落叶，阳光照进来，光线通透，镜头里每一片树叶脉络都清晰可见。坐在高高的山坡上，看天光云影共徘徊，看大兴安岭层林尽染，公路一侧当作防护栏的彩色轮胎墙，和森林呼应得像童话世界一样。一大早醒来，河面上升起袅袅的雾气，有野鸭子腾地飞起来，鸣叫着掠过河流。

最后一天，在额尔古纳市北边路口根河大桥那里，我们见到几棵枝繁叶茂的杨树，树叶红黄绿夹杂生长，有种奇异的美感。正当我们在路边愣愣地看着这奇葩树时，来了一对自驾游的夫妇，一问是本地根河市的摄影师，"这几棵树颜色漂亮吧，我每年这时候都要过来看望一下它们。"王鹏大哥

根河沿岸，彩色轮胎与斑斓秋景相映成趣

说出这个句子，把大家都逗乐了。

王大哥问我们要不要跟他去看看秋天的白桦林，我们当然乐意了。

回到旅舍后，作了秋景汇报，鑫第和晋哥迅速打点背包，准备搭车经海拉尔—额尔古纳—根河，直到莫尔道嘎，等他们走了没两个小时，我和老三心思一动，把娜仁和萨仁塞进背包，锁好店门，也上了国道去搭车，并且准备赶超他俩。

果然，我们六个（娜仁萨仁也算的）在根河边偶遇了。

——"好巧啊，怎么你们也在？！"

——"是啊，好巧啊，明明就是跟屁虫，还装偶遇。"

根河，我又来了，真不好意思，秋光大好，不出门简直对不起兴安岭。根河浅缓的河滩边，有人在用无杆法钓鱼：把渔线缠在一小块木板上，挂上一串鱼钩，接着把木块扔进河中央，不用漂也不用时刻盯着，坐在树荫下打个盹，过段时间就去收一次线。我不相信这样也能钓着鱼，直到我亲眼见到了他篮筐里的鱼，这是根河冷水细鳞鱼，肉质细腻，每年只长一点儿，很珍贵。钓翁还向我们讲述了夜晚驶着小船游荡在丛林小河中打着探照灯钓鲶鱼的经历，唬得我一愣一愣的。

关注故乡的摄影师王鹏

萨仁和娜仁是第一次出远门，第一次我们就带着它们登山了，爬到山顶，一个没留意，它们居然跳到峭壁陡崖上，真真回归野性了。怎么逗它俩都没用，不肯回来，最后还是晋哥舍身救猫，把它俩抓了回来，一顿折腾，这世界上出去旅行攀岩的猫，可不多见吧。

第二日，我得和他们分道扬镳了，他们赶路去莫尔道嘎，我回旅舍等预订了的住客。搭车又回到了根河大桥那里，我看着时间还早，便掉头沿着去恩和的方向走了一会儿。有一个人上路经历的估计都感受到过那种欣喜雀跃的心情，天地辽阔，路就在自己脚下，自由之钟敲响，像是从极远极远的地方传到脑海中，心无杂念，满耳只有自由的钟声回荡，萦绕不去。

本来打算进草甸里的小林子看会书眯会觉的，没想到半路被一只牧羊犬给吓回来了。只好铺开防潮垫，坐在马路边的小坡上背对公路看书。没看一会儿，听到背后马路上刹车摁喇叭，我回头一看，居然是王鹏大哥的车。

——"你不会每天都埋伏在路上吧？"

——"你也是嘛。"

——"哈哈哈，走，上车，去恩和！"

———"好！"

就这样，我又跟着王哥去看秋天了。

还有一处秋景基地，是白桦林入口外不远处的一个草甸沟坝，长了一沟全是白桦树，一碧如洗的晴空下，金黄色的树叶迎风飒飒作响，没有丝毫杂质的纯粹金黄色，配上白色的挺拔枝干，这种强烈的撞色，不得不让人感叹，秋天对呼伦贝尔有多偏爱。

沿路去了上护林、下护林，王哥带我去看木刻楞，这两处小村庄的老房子是保存最好的。额尔古纳河支流静静地流过村庄，有一处年久失修的老桥，全部都是木质结构，晴空白云金黄树影倒映在河面上，河口边，一群白鹅排着队下水。村子里住户不多了，好多老房子由于无人看管，塌了半堵墙，王哥说他小时候住的就是木刻楞，冬暖夏凉，下雪的冬天，一整个屋子覆盖着厚厚的积雪，轮廓圆滑而模糊，只剩一根细细的烟囱支出来，就像是童话里的世界。老

每年秋天都会来看望一次的白桦林沟

木刻楞

家几乎都盖了新房子，木刻楞已经不多见，要怀旧也只能上这种边境小村里来看看了。我们找了一户传统老木刻楞，屋边有二八自行车，有牛奶桶、锄头、镐头、木梯子，我想起背包里还有晋哥的拍立得相机，翻了出来，给王哥在木刻楞边留了一张影。拿着相片的王哥一脸开心，说给别人拍了那么多照片，自己从没有在木刻楞边照过相。

到了恩和，王哥沿着小镇转了一圈，指着一栋房子给我看，说这就是柳芭家的房子。中午吃饭时，王哥给我说过柳芭的故事，原来《额尔古纳河右岸》小说里，伊莲娜的原型就是柳芭。综合王哥的讲述和后来我查到的一些信息，柳芭的故事大概是：

柳芭是敖鲁古雅使鹿部落里第一个走出大兴安岭，去大城市里上学工作的人。二十世纪九十年代在北京上大学读美术，毕业后去了呼和浩特一家出版社做美术编辑。但是在呼市没待几年，她又回到了她魂牵梦绕、回荡着鹿铃叮当声的山林，那里有她的亲人、驯鹿、森林和星星。但是，返乡的生活并不如她想得那样能获得内心的安宁，于是又奔赴城市，就这样在城市与山林之间，几进几出。然而，她既无法融入城市，又不安于山村里的苦闷，再加上一些私人感情问题，她只好通过绘兽皮画、喝酒疏解郁结，但是越来越酗酒无度，在四十二岁那年，她带着酒，在恩和乡后的那条小河边洗衣服，也许是醉酒事故，也许是看破镜中花水中月，不幸溺死在那条小河里。

王哥去了很多趟敖鲁古雅的旧址和新址，给这个部落拍了不少照片。可他印象最深的一张，却是二十世纪早期一个外国人留下的照片，是驯鹿的特写，驯鹿眼里黑白分明，滴溜溜的眼神里，熠熠有光，是山神护佑下的驯鹿，是兴安岭钟灵毓秀山水里长大的驯鹿。现在养殖场里的驯鹿，对比之下灵动全无。

王哥把车开到那条小河边，还给我讲了这个民族的其他故事。他们依靠山林为生，渔猎、养驯鹿、采集野果，使用桦皮制作各种生活器具。二十世纪六十年代，在国家政策号召下部落集体搬下山来，住到根河市郊的敖鲁古雅定址安置点，但是有人住了一两周之后，又带着驯鹿回到了山林。"驯鹿是要满山林地跑动，吃新鲜的苔藓地衣红豆野果，喝清泉水。在安置点，驯鹿和我们都住不习惯，想山里，住在撮罗子里，晚上能看到最多最亮的星星。"

恩和乡里建起了度假村，还有富人建了私人别墅，夏季的时候过来消暑。不大的乡里，几条街鳞次栉比都是旅店、饭馆，只有乡镇后面的小河，一如既往地流淌，小河不说话，带走了太多好故事。

披荆棘，涉小河，穿越落满黄叶的树林

出走的螺丝钉
（代后记）

    青年旅舍这个平台，让我看到了更多不同活法的人，尽管身处的这个社会，是个以经济效益为最高目标的流水线作业式社会，多数人都被打磨成了流水线上的一个螺丝钉。上一代都指责现在的年轻人是暮气沉沉的一代。不过，流水线环境里，难道会有迎风招展开花舒叶的螺丝钉吗？

    幸而我在青旅里，见过不少出走的螺丝钉。可能这些出走的螺丝钉都还未找准位置，但是找到了同类根据地，心里底气就足多了。

    对我来说，行走的目的不是为了在地图上打个已去的标识。在形形色色的阅历参照下，内观自我的反省——找到自己的真正爱好，找一个自己喜欢的地方，充满创造力、欣喜鼓舞地去过日子，这就是我最具体的理想。

    呼伦贝尔一站完成后，原本的打算是续接曾半途而废过的想法——去黔东南找个蜡染老师傅学习传统染缬技艺。但是在北京各个图书馆里查找了一下资料，才觉察到，技艺其实是件简单的事情，唯手熟耳，重要的是领悟手工艺里文化的那部分。于是我改变主意，在北京驻扎下来，借国家图书馆的藏书齐全这个优势，扎扎实实啃了半年传统工艺书籍。

　　由查找英国工艺美术运动资料的机缘，我读到了莫里斯的《乌有乡消息》，书中描述了一个凭手工艺兴起的社会改革而创建的民主祥和的理想国，理想国里不管是物质还是精神，人人有所依。因为不现实，所以才被做"乌有乡"，不过我还是被振奋到了——大环境很难，但是打造一个小小的个人乌托邦，这不算是一件难于上青天的事情吧？

　　我在青旅这个乌托邦的试验地里，收获很多，最大的收获是：成全自己的勇气。我还有好多事情没做：去喀什待一阵，买个拍立得，打着"人像快照"的幌子，记录下大大小小的巴扎；去清迈或者其他小镇待半年，上本地人家或者苍蝇饭店里学习东南亚菜系；去中东搜集记录伊斯兰纹样；学一门工艺，如漆器或者制陶，弄一个传统手工艺小作坊，免费教学；沿着一条河流，徒步走一遍，记录下生态和人文；吃遍云南，买一块地种菜，亲手建个田间厨房……

　　世界这么大，千万不要辜负自己的每一个天马行空的异想！

"中国最美旅游线路" 丛书简介

"Zhongguozuimeilvyouxianlu"congshujianjie

《最美秦晋——从山西到陕西》

《最美江南——从南京到上海》

《最美中原——从洛阳到商丘》

《最美徽州——从黄山屯溪到三清山》

《最美湘桂——从湘西到桂林》

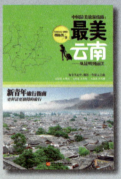

《最美福建——从厦门到闽东海岸线》

《最美海南——从海口到三亚》

《最美云南——从昆明到丽江》

本丛书包括:

最美秦晋——从山西到陕西
最美江南——从南京到上海
最美中原——从洛阳到商丘
最美徽州——从黄山屯溪到三清山
最美湘桂——从湘西到桂林
最美福建——从厦门到闽东海岸线
最美海南——从海口到三亚
最美云南——从昆明到丽江

　　本套丛书追求有个性有特色的旅行,淡化走马观花的传统方式,追求历史文化民俗的深度感悟、风景美食住宿的独特体验,倡导"大景点"概念,提倡在一个地方做几件事。除了游览出售门票的传统景点之外,更推崇在当地探索不为人熟知的特色风景,寻找巷陌深处的地道美食,住一家温馨浪漫的小客栈,听一段地方戏,寻一件民间工艺品等。这套丛书还打破了传统旅游书以省划分的模式,每本书都不限定某一行政区域,而是在全国范围内精选多条特色经典路线,设计出最合理的行程安排,每条路线又可以根据读者不同的时间兴趣分化为数条小路线,全书景点行程可相对独立又紧密相连贯通一体。本套丛书由资深背包客实地考察后撰写,文字和照片均为原创,定能带给你全新的启示,使你的旅行充满趣味,更加丰富多彩。

《悠闲慢旅行》

《路人甲》

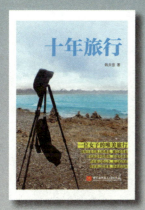

《十年旅行》

《阳光下的清走》

《一个人旅行直到世界尽头》

《背着家去旅行》

"最美中国系列"丛书简介

"Zuimeizhongguoxilie"congshujianjie

《中国最美的88个自然风光旅游地》

《中国最美的88个特色旅游地》

《中国最美的88个人文旅游地》

"最美中国系列"丛书是旅游圣经团队历经数年发展、走遍中国后推出的巅峰之作。团队组织所有优秀作者撰写本系列,可谓十余位资深背包客视野中的"最美中国"。

本系列丛书内容系作者原创,是他们心灵的真实感悟;照片系作者亲自拍摄,是他们对美的瞬间永恒的诠释。饱含人文底蕴的文字配上震撼人心的精美照片,定会给读者带来极致美好的心灵慰藉。

本系列丛书共三本:

《中国最美的 88 个自然风光旅游地》

书号:ISBN 978-7-5124-0242-3

定价:39.80 元

出版社:北京航空航天大学出版社

《中国最美的 88 个特色旅游地》

书号:ISBN 978-7-5124-0320-8

定价:39.80 元

出版社:北京航空航天大学出版社

《中国最美的 88 个人文旅游地》

书号:ISBN 978-7-5124-0394-9

定价:39.80 元

出版社:北京航空航天大学出版社

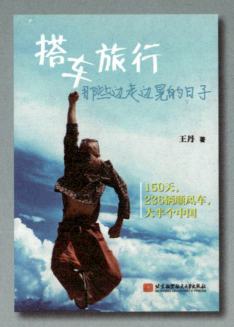

《搭车旅行：那些边走边晃的日子》

《向世界进发》

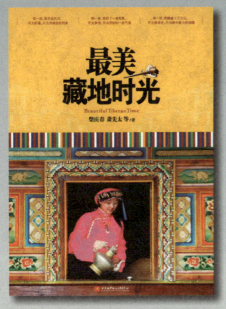

《最美藏地时光》

《最美云南时光》

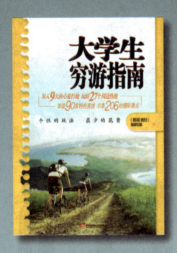

《大学生穷游指南》
书号：ISBN 978-7-5124-0992-7
定价：39.80 元
出版社：北京航空航天大学出版社

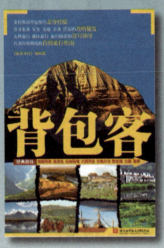

《背包客》
书号：ISBN 978-7-5124-0689-6
定价：39.80 元
出版社：北京航空航天大学出版社

《老北京新北京 2012-2013》
书号：ISBN 978-7-5124-0682-7
定价：39.80 元
出版社：北京航空航天大学出版社